Karl. Meyer

Meister Altswert

Karl. Meyer

Meister Altswert

ISBN/EAN: 9783743369801

Hergestellt in Europa, USA, Kanada, Australien, Japan

Cover: Foto ©Andreas Hilbeck / pixelio.de

Manufactured and distributed by brebook publishing software (www.brebook.com)

Karl. Meyer

Meister Altswert

Meister Altswert.

Eine literarische Untersuchung.

Inaugural-Dissertation

zur

Erlangung der philosophischen Doktorwürde

an der

Georg-Augusts-Universität zu Göttingen

von

Karl Meyer

aus Heinde.

Einbeck 1889.
Druck von Adolf Lämmerhirt.

Seitdem die Dichtungen Meister Altswerts als 21. Publikation des literarischen Vereins in Stuttgart erschienen sind, ist ihnen eine eingehende Würdigung nicht zu Teil geworden. Ihren poetischen Wert kann man ja freilich nur gering anschlagen; unser Interesse für sie liegt fast nur auf sprachlichem und kulturgeschichtlichem Gebiete. Es fehlt bisher noch ein Nachweis, ob die vier Gedichte, welche Keller in seiner Ausgabe unserem Dichter zuschreibt, ihm wirklich angehören. Dieser soll im Folgenden geführt werden. Zugleich machen wir den Versuch, die Person des Dichters zu charakterisieren, indem wir nach einer Zusammenstellung der wenigen Angaben, die er selbst über sich macht, einen Überblick über seine Kenntnisse, Anschauungen und die Art seiner Darstellung entwerfen und seine Dichtkunst mit einigen Worten kennzeichnen, wobei wir die Beziehungen zu berücksichtigen haben, die sich zwischen seinen Gedichten und andern Literatur-Denkmälern des ausgehenden Mittelalters ergeben. Auf Grund dieser Darstellung erfolgt sodann die Bestimmung der Zeit, welcher Meister Altswert angehört. Zum Schluss geben wir nach Feststellung des Verhältnisses der Hss. einige Verbesserungen zum Texte und eine kurze Übersicht über seine Sprache.

1. Die Gedichte Altswerts.

Zunächst haben wir festzustellen, welche Gedichte Meister Altswert zuzuschreiben sind. Von zweien der Gedichte ist es ohne weiteres klar, dass sie demselben Verfasser angehören; es sind Kittel und der Tugenden Schatz. In beiden giebt der Dichter als seine Heimat das Elsass an (K. 48, 9: TS. 97, 11); seine Geliebte wird mit G, dem mittleren Buchstaben ihres Namens bezeichnet (K. 23, 4 u. ö. TS. 72, 22. 100, 3); die allegorischen Figuren Ehre, Treue, Staete, Liebe, Masze, das Hofgesinde der Frau Venus im Kittel, treten auch im Schatz auf, wo sich ihnen noch Zuversicht, Trost, Wirde, Zecht, Furcht. Scham zugesellen. In beiden Gedichten wird die allegorische Bedeutung der Farben verwendet und die 12 Edelsteine im TS. finden sich mit Ausnahme des Berylls auch unter den 18, die der K. nennt. Der Adamast ist in beiden Gedichten ein schwarzer Stein[1]) (K. 43, 27: TS. 101. 21). Die Wiederholung ganzer Verse ist nichts seltenes (K. 14, 31: TS. 96; K. 30, 23: TS. 85, 6; K. 34, 1: TS. 98, 31; K. 42, 28: TS. 106, 10 etc.): einzelne seltene Wörter sind beiden Gedichten gemeinsam (z. B. *strumen* K. 67, 18: TS. 77, 18. 105, 25; *luwe* TS. 72, 13. 114, 28; *luwen* K. 33, 17; *sich frouwen tuon* [erfreuen] K. 23. 1: TS. 106, 15). Der Schluss ist besonders ausgezeichnet im K. durch dreifache, im TS. durch vierfache Reime.

Bei dieser Übereinstimmung kann wohl kein Zweifel walten, dass diese Gedichte einunddenselben Verfasser haben. Es ist nun aber zu untersuchen, ob ihm auch die andern beiden Stücke gehören. Dagegen scheint zu sprechen, dass der Dichter, der sich im ersten Gedichte Meister Altswert nennt, im TS. sagt: *ich heiz Nieman* (78, 30). und nacher sich auch so anreden lässt (z. B. 95, 21. 104, 14). Keller ist der Ansicht (S. V der Vorrede), dass er hier seinen wahren Namen verschwiegen habe, um sich nicht für seine kecken Rügen Verfolgungen zuzuziehen. Ganz stichhaltig ist dieser Grund

---

[1]) Wohl durch Verwechselung mit dem Magnet (Steinbuch, hrsg. v. Lambel, S. 107). Ebenso in einem Liede des „*münichs*" (Kehrein, Kirchen- und religiöse Lieder. Pad. 1853, p. 136): *swarz diamant gerar*. Keller. Fastn. no. 100: *und vorn dran ein schwarzer diamant*. Cod. Pal. Germ. 313. Bl. 422b: *frau Zucht hett eynen demut (l. demant) des fraw (l. farw) in swarz ward erkant*.

wohl nicht, denn im TS. kommen gar keine Rügen vor,
sondern nur im K., und ausserdem sind solche Bemerkungen,
wie K. 57. 17 wohl nur als Phrase aufzufassen: auch Königsberg sagt:[1])

> Der rede der erlasset mich
> Ich mochte der wahrheit so viel sagen
> Mir wurde myn lip enczwey geslagen
> Mit knotteln und mit huten (?) kolben
> Und lebendig undir die erden getolben
> Als manchen vor mir ist gescheen
> Die viel der warheit wolden jehen —

und doch nennt er seinen Namen und sagt die Wahrheit, wenn auch durch den Mund einer seiner allegorischen Personen.

Diese Verschiedenheit des Namens in den beiden Gedichten ist aber der einzige Grund, der gegen ihre Zusammengehörigkeit vorgebracht werden könnte. Alles andere spricht ganz entschieden für die Annahme eines Verfassers.

Die Überlieferung der vier Gedichte in derselben Reihenfolge in allen drei Handschriften ist ein äusserlicher, aber nicht unwichtiger Grund hierfür, denn eine solche Übereinstimmung ist in den Sammelhandschriften des 15. Jahrhunderts äusserst selten und deutet fast immer auf innere Zusammengehörigkeit. Die Sprache und Verskunst ist in allen Gedichten dieselbe (s. unten). Im ersten Gedichte begegnet wieder die Hervorhebung des Schlusses durch wiederholten dreifachen Reim[2]) und die Schlussverse des Sp. (127. 26 ff.) erinnern an den Schluss des TS. (114. 22 ff.). Die ausgeführte Jagdallegorie des Sp. findet sich zwar in den andern Gedichten nicht, doch vergleicht der Dichter auch im TS. die Minne mit einer Falkenjagd (84. 32), und die beiden ersten Beispiele des ersten Gedichtes sind der Jagd entnommen. Wie er dort seine Ansicht durch drei Beispiele erklärt, so wählt er auch im Sp. dieses Mittel (121. 7 ff.). Seine Vorliebe für Edelsteine verleugnet er auch in diesen beiden Gedichten nicht (8. 10. 121, 13), und auch für die Farbenallegorie findet sich im Sp. ein Beispiel (125. 8, vgl. TS. 115. 2). Die Vorschriften für die Anhänger der rechten Minne, die der K. giebt (S. 30 u. 60), finden sich ähnlich 2. 1 ff. Ebenso wiederholt sich die Personalbeschreibung seiner Geliebten, die er K. 24. 20 ff. giebt, in ähnlicher Weise Sp. 122. 3 ff. Auch Wiederholung

---

[1]) Zeitschr. f. deutsches Altertum I. 435. — vgl. auch Teichner (Wiener Jahrb. I. 1818. Anzeigebl. S. 32): *daz er in der schrannen sait yedem mann diu warhait, er wurd erslagen in churtzer zeit.*
[2]) Diese Eigentümlichkeit vermögen wir sonst nur noch durch ein Beispiel zu belegen, die „Rede von dem almuesner" (gedr. Altd. Ged. hsg. v. A. v. Keller. VII. Tüb. 1880) hat am Schlusse zweimal dreifachen Reim.

ganzer Verse kommt vor (97. 22 ff.: 124, 14 ff.; 9. 29 ff.: 34, 24 ff.). So sind wir wohl berechtigt, dem Verfasser von K. und TS. auch die beiden anderen Gedichte zuzuschreiben.

Die Eigentümlichkeiten unserer vier Gedichte begegnen in anderen Gedichten der Zeit unseres Wissens nicht, sodass wir wohl annehmen können, dass ausser ihnen von Altswert nichts überliefert ist. Wenn Gervinus ihm noch einige Gedichte des cod. Pal. Germ. 358 zuschreiben will, so ist diese Annahme schon durch sprachliche Gründe zu widerlegen. So z. B. ist in dem „spruch von der minne im garten" im Infinitiv das *n* stets abgefallen, sodass fast auf jeder Seite Reime begegnen, wie *wibe* (dat. sg.): *abschribe* (inf.): *spar* (inf.): *iar* (n. pl.). Das Gedicht „ob minnen bezzer sie oder geselleschaft", dessen Verfasser viele Ritter vom Rheine mit Namen nennt, reimt *an: san* (sagen), *hie: sie* (ich sehe) u. s. w. Der Spruch „ob mannen treue etc." reimt *schin: lin* (liegen), *entladen: saden* (sagten). — Alle diese dialektischen Eigentümlichkeiten finden sich bei Altswert nicht. Der Spruch vom Falken ist zu rein im Versbau, um mit Altswerts Gedichten verglichen zu werden.

Wenn wir uns nun für einen der beiden Namen zu entscheiden haben, so spricht für Altswert die grössere Wahrscheinlichkeit, denn Nieman nennt sich der Dichter nur seinen allegorischen Gestalten gegenüber, und der Name klingt ganz wie ein angenommener, zumal wegen des Zusatzes (78. 30) „*anders ich dir nit gesagen kan*". Wenn auch ein Meister Altswert bislang noch nicht nachgewiesen ist, so finden sich doch ähnlich gebildete Namen, so z. B. ein Michel Breitschwerdt in der Heidelberger Hs. 56. Keller[1], Goedeke[2] und Bartsch[3] nehmen zwar auch den Namen Altswert für allegorisch und erklären ihn aus dem gewählten Gleichnis 7, 1. Sehr wahrscheinlich ist diese Annahme nicht; denn einmal ist dieses Gleichnis in keiner Weise vor den beiden andern, die der Dichter giebt, hervorgehoben, wie die Überschrift in C. es vielleicht vermuten liesse, — die nur durch Misverständnis des Schlussverses entstanden sein wird, und wie die meisten dieser Überschriften keinerlei Wert hat —; dann aber ist zu beachten, dass der Dichter, wenn er eine Beziehung zu seinem Namen hätte andeuten wollen, nicht das Wort *gestanden* (7, 3. 7) gewählt, sondern von einem *alten* Schwerte gesprochen haben würde.

[1] Anz. f. K. d. d. V. 1858 p. 79.
[2] Grundriss 1, 294.
[3] Allg. deutsche Biographie, Artikel „Altswert".

2. Der Dichter.

a. Altswerts Angaben über sich.

Über seine Person giebt uns Meister Altswert nur wenige
Andeutungen. Seine Heimat ist das Elsass. Er ist zur
Zeit, wo er seine Gedichte schreibt, ein Mann in mittleren
Jahren (5. 1. 57. 33) und hat sich lange in fremden Landen
aufgehalten (5. 5. vgl. 64. 3. — „*me wan in zchen kunigrich*"
95. 13 wird aber wohl nicht wörtlich zu nehmen sein, sonst
könnte er mit Oswald von Wolkenstein wetteifern). Er
scheint an Heerfahrten teilgenommen zu haben (5. 10), aber
wenn Mone[1]) in der Aufzählung der Länder 13. 27 ff.: 63. 29 ff.
„fast eine kurze Geographie der Züge Ludwigs von Ungarn"
erblickt, so ist diese Behauptung doch zu unsicher, um daraus
Schlüsse ziehen zu können. Sein Stand ist gewiss der bürger-
liche, darauf deutet schon die Benennung *meister*. „*Burge,
liut und lant*" nennt er nicht sein eigen (17, 18), und wenn
man ihn mit Kostbarkeiten, Gold und Edelsteinen so ver-
schwenderisch umgehen sieht, so darf man daraus wohl
schliessen, dass er selbst nichts dergleichen besessen hat. Gegen
seinen bürgerlichen Stand macht Keller[1]) geltend, dass seine
Geliebte dem Adelstande angehört habe. Allerdings sagt
Altswert von ihr TS. 97, 18: „*sie ist von adel ein frowe*", dem
Zusammenhange nach bezieht sich das aber nicht auf ihren
Stand; und wenn man 71, 25 „*sie ist von hoher art und groz*"
auf ihren Stand deuten wollte, so würde durch den folgenden
Vers: „*ich wolt wol wer ich ir genoz*" für unsern Dichter
das Gegenteil folgen. Jedenfalls hat er aber zum Adel in
näherer Beziehung gestanden, das bezeugen die Worte (21. 30 :
„*Jch sach menigen schilt und helm, die ich han gesehen uff der
ban*", das zeigt auch seine ganze Anschauungsweise (vgl. 63.
25 ff.); vielleicht in ähnlicher Weise wie Suchenwirt, denn
es ist bemerkenswerth, wie nahe Altswerts Behandlung der
Allegorie gerade der in den Heroldsgedichten, die wir aus dem
14. Jahrhundert haben, steht.

---

[1]) In einer Besprechung von Primissers Ausgabe des Suchenwirt.
Heidelberg. Jahrbuch 1827, S. 664.
[2]) Anz. f. K. d. d. V. 1858, S. 79.

Wenn wir so über Altswert positiver Angaben fast gänzlich entbehren, so bleibt uns nur übrig, uns auf Grund seiner Gedichte ein Bild von seiner Persönlichkeit zu entwerfen.

b. Kenntnisse, Anschauungen und Darstellungsweise.

Seine geographischen Kenntnisse lässt Altswert stark hervortreten. Er nennt 13, 27 ff: *Pülle, Lamparten, Frankrich,* („*uff der warten*" enthält wohl auch noch einen Ländernamen), *Navernc*[1]). *Spangen, Engelland, Prüzen, Litouwe, Rüzen, Ungerlant.* Ausserdem nennt er *Kriechenlant* und erwähnt der *Kriechen gold*[2]) und den *keiser von Kriechenlant*[3]). Ferner *Schotten jensit dem se* 14, 7; *Ziperlant* 38, 24; *Flandernlant* als Bezugsquelle für Tuch 44. 22; *Parme* 85. 20; *Arabin* als reich an Gold 42, 9; *Endiön* 41, 3 und davon verschieden *priester Johans lant*[4]) 85. 22; *Troige* 44. 20; *Cartei*[5]) 82. 4. Bedenklich wird uns sein geographisches Wissen, wenn wir 45, 8 lesen:

uz dem lant von Occident
da man muoz varn von Orient,

er nennt offenbar nur Namen, ohne sich etwas dabei zu denken. Ausser diesen auch sonst vielfach vorkommenden Namen begegnen aber einige ganz fremde: *Poige* 44. 21; *Tusart* 40. 23; *Nikatel* 46, 3; *Kurianz* 38. 17; *Phü* 40. 13; sie sind sonst nirgends zu belegen, und wir können wohl annehmen, dass sie von dem Dichter ersonnen sind.

Ebenso steht es wohl mit der Person des Kaiser *Joches* 84. 28. Um ihres Reichtums willen nennt er *Alexander* und *Salomo*. Von Helden der Ritterdichtung sind ihm bekannt (37, 32 ff) *Artus, Gahmuret, Wigalois, Parzival, Wilhelm von Orlens, Lanzelet*; doch erwähnt er eben nur ihre Namen, ohne Kenntnis eines der Epen, in denen sie vorkommen, an den Tag zu legen. Die ganze Sammlung von Namen, besonders der geographischen, macht den Eindruck, als ob es der Dichter darauf abgesehen habe, sein ganzes Wissen zu zeigen und dadurch den Gedichten einen gewissen Glanz zu verleihen.

---

[1]) D. i. Navarra. cf. Wiener S. B. 50, S. 441 (Zingerle, eine Geographie aus dem 13. Jahrhundert) zu v. 1187.
[2]) Vgl. Cersne Minneregeln v. 972: Keller Fastn. II. Nr. 100: „ein halspant von kriechischem golt", und Kolm. Hs. 59, 27.
[3]) Vgl. Suchenwirt 7. 139 und Primisser zu der Stelle S. 178.
[4]) Sonst herrscht priester Johann in Indien; z. B. Heinrich von Neustadt. Apoll. 19255. Hermann v. Sachsenheim Mörin 4772.
[5]) Auch Schiltperger (1659) spricht von dem grossen Chan, König in „Karthey" (Katai); bei Hermann v. Sachsenheim Mörin 561 heisst es Kartag (: lag), durch Verwechslung mit Carthago.

Dieses Streben zeigt sich noch weiter in einer starken Neigung für alles kostbare, wunderbare und fabelhafte, in ähnlicher Weise, wie es stellenweise die späteren Artusromane zeigen und vor allen Dingen Heinrich von Neustadt im Apollonius: aus späterer Zeit liesse sich etwa das Fastnachtspiel 100 bei Keller vergleichen. Die Burgen. Türme. Gärten, Brunnen und was er sonst noch beschreibt, alles ist so kostbar und so schön, dass er von dem Anblick „*starblint*" wird (z. B. 21, 34. 36. 19). Niemand hat so herrliches je gesehen und keiner kann es in Worten wieder geben. das sind Ausdrücke, die sich immerfort wiederholen.

Eine besondere Vorliebe zeigt er für Edelsteine; er nennt im TS. deren 12 als Schmuck der kostbaren Krone, aber es sind hier weder die 12 Steine der Exodus. noch die der Apocalypse. die im Mittelalter oft zusammen aufgezählt werden und als besonders edel gelten. Es sind: Karfunkel. Adamast. Rubin. Smaragd. Saphir. Chalcedon. Beryll. Topas, Jaspis. Chrysolith. Sardin: im K. fehlt der Beryll und ausserdem werden genannt: Karneol. Amethyst. Onichel (40. 25), Türkel. Granatstein und Kamahü — also lauter Steine. deren Namen allgemein bekannt sind. [1])

Aber doch möchten wir annehmen. dass er die Steine nicht aus dem Gedächtnisse aufzählt. Dafür scheint uns der Reim *katzedenigen: menigen* 46. 7 beweisend zu sein. Der Chalcedonius erscheint 101, 33 im Plural als *kalzidon;* hier zeigt die andere Form. dass er sich der Identität beider nicht bewusst ist. wie ja auch *adamast* und *diamant* gelegentlich als verschiedene Steine erscheinen.[2]) Nun wird zwar nicht vom Chalcedonius. wohl aber von dem ähnlich klingenden Chelidonius im Steinbuch berichtet: *nimt menigen* (lunaticis) *linten all ir swaer.* Hierher kann A. seine Weisheit nicht haben. aber es ist uns wahrscheinlich, dass er in einer anderen Quelle das Wort *menigen* in andern Zusammenhange las und es misverstand. Die Farbe der Edelsteine giebt er meist an. vom Topas weiss er auch. dass in ihm das Bild umgekehrt erscheint (42. 14: vgl. Steinbuch [Lambel] 85).

Von Kostbarkeiten sei ausser den Edelsteinen nur noch der Spiegel erwähnt, in dem man die Bösen von den Guten unterscheiden kann. Zu vergleichen sind ähnliche Wunder-

---

[1]) Vgl. z. B. Ulrich v. Zazikhoven. Lanzelet 4118 bis 45, Zarncke, der priester Johannes. S. 135, v. 379 ff.; S. 141, v. 1047 ff.
[2]) Pal. Germ. 355. Bl. 137 b:

    erzoeg din guet alz dyomant
    gedenk wau reht lieb niempt obernhant
    da sol gantz trw nit sin ain gast
    bulier din hertz alz adamast.

spiegel in Heinrichs v. Neustadt Gedichte „Von Gottes Zukunft" und im Lanzelet, wo es 4915 ff. heisst: *(Lanzelet u. Iblis) sähen in das spiegelglas, daz under in niht valsches was des muosen si von schulden jehen.* Die herrliche Burg, der Brunnen mit den silbernen Röhren und Ciborien [1] u. s. w. ist nichts unsern Gedichten eigentümliches, sondern gehört zur feststehenden Ausstattung der allegorischen Gedichte dieser Art. Erwähnenswerth ist nur noch, dass A. bei allen den herrlichen Dingen, die er erblickt, ihren Werth in Mark taxirt: darin stimmt er wieder mit Heinrich v. Neustadt und Fastnachtspiel 100 überein.

Die Neigung zum Wunderbaren, welche durch die ganze Literatur der Ritterromane hindurchgeht, zeigt sich im K. und TS. in hohem Grade. Der Dichter zieht, ganz wie die Ritter der Artusromane, aus, um ein Abenteuer zu erleben: *daz uns noch arentiur geschicht, des han ich ganze zuoversicht* 17. 23). Im K. sucht er, von einem Knechte begleitet, Frau Venus Land: er verirrt sich: ein Bär, der 12 Schuh hoch und 20 Schuh lang ist, trägt eins der Pferde fort, das andere fällt die Felswand hinab. Darauf sieht er einen wilden Mann, der mit einer Tanne einen Eber bekämpft. Endlich nach 5 tägigem Umherirren führt ein Zwerg mit einer Nebelkappe ihn ans Ziel seiner Reise: dort trifft er einen Riesen, der, mit einer stählernen Stange bewaffnet, vor dem Palast der Frau Venus als Thürhüter Wache hält. Im TS. findet er eine Wurzel, die ihn für 8 Tage sättigt: ein Martinsvogel [2] zeigt ihm den Weg; ein Zwerg führt ihn in den Venusberg, der sich durch ein Wort desselben öffnet.

Fabelhafte naturwissenschaftliche Kenntnisse zeigt er nur an zwei Stellen. Er kennt den Salamander, dessen Element das Feuer ist, und eine Wurzel, die den Salm für ein ganzes Jahr sättigt [3] (77. 7).

Der Neigung Altswerts für das Aussergewöhnliche verdanken wir auch das Verzeichnis der Spiele im TS. (89. 1 ff.). welches zuerst die Aufmerksamkeit auf seine Gedichte gelenkt hat. [4] Es sind nicht alles Spiele in unserm Sinne, sondern

---

[1] Noch zu Ende des 16. Jahrhunderts begegnet eine ähnliche Schilderung in der „histori vom hirs mit dem gülddin ghurn", welche vielleicht auf ein Gedicht zurückgeht (Canzler's und Meissner's Quartalschrift III (1784). S. 110. — Auch Cersne, Minneregeln 114. ist wohl *ziborgit* zu lesen, denn die Erklärung *tzymburgit* = mit Burgzinnen versehen, welche Wöber giebt, ist kaum glaublich. Das Verbum *ziborien* findet sich auch in Herm. von Sachsenheim's Goldenem Tempel 29.

[2] S. Grimm Mythol., S. 1074. 1083. 1233; vgl. Vintler, pluemen der tugent 7877.

[3] Vgl. Herm. v. Sachsenheim, Mörin 3724; Spiegel 189, 32.

[4] Zuerst gedruckt in Altdeutschen Curiositäten durch W. Wackernagel, Berlin 1827. S. 7.

auch allerlei Kurzweil, wie singen, Blumen brechen u. a. ist dem Verzeichnis eingereiht. Ebenso ist es in den anderen Spielverzeichnissen, die wir unten aufführen werden, wo auch die blossse Unterhaltung ausdrücklich zu den Spielen gerechnet wird.

Bei dem sonst so trockenen Tone Altswerts liegt die Vermutung nahe, dass er das Verzeichnis nicht selbst zusammengestellt, sondern anderswoher in sein Gedicht übernommen habe. Für diese Annahme scheint ein sprachlicher Grund zu sprechen: die Reime *greselis: meienris, schelklis: fliz* scheinen Deminutiva auf *li* vorauszusetzen, welche sonst in diesen Gedichten kein einziger Reim bietet, und diese würden uns nicht in das Elsass, sondern in schwäbisches oder schweizerisches Sprachgebiet weisen. denn im Elsass hat sich im ausgehenden Mittelalter das Suffix zu *-le* abgeschwächt.[1] Weinhold nimmt an [2], dass im Genetiv hier das *i* gedehnt sei. und citirt *greselis* 89. 17 neben lauter Beispielen aus der Schweiz. Das Vorkommen dieser Formen ist wohl auch der Grund gewesen, weshalb Goedeke die Sprache des TS. schwäbischschweizerisch nennt [3]). denn für diese Behauptung bietet das Gedicht sonst keinen Anhalt.

Die Schwierigkeit ist indes leicht zu heben, denn für die angeführten Formen brauchen wir gar keine Deminutiva auf ungeschwächtes *-li* anzunehmen. Es sind Genitive zu *schelklin, greselin*, die durch einen rein lautlichen Vorgang ihr *n* verloren haben, wie ja auch in *eiz (kreiz)* 97. 10 nach langem Vokal vor auslautendem *S*-Laut das *n* nasalirt ist. also rein elsässische Formen. Es wäre ja sonst auch auffallend, wenn gerade nur in diesen beiden einzigen Genitiven das Deminutiv auf *-li* im Reime vorkäme, während sonst stets - auch in diesem Spielverzeichnisse (90. 8) — das Suffix *-lin* gewählt ist.

Die Auslegung, welche Massmann [4] den Spielen im TS. gegeben hat, und zu deren Begründung er eine Stelle der Schrift „de virginibus" heranzieht, ist jedenfalls unhaltbar; die dort [5]) genannten „christlichen Spiele" sind ganz anderer Art, und mit Recht wendet sich Hoffmann v. Fallersleben [6]) gegen Massmanns Deutung. Später hat M. seinen Ausspruch noch erweitert und auch von den in Fischart's Gargantua aufgezählten Spielen behauptet, dass sie vielleicht

---

[1] Weinhold, Alemannische Grammatik. S. 234.
[2] A. a. O., S. 235.
[3] Grundriss I. 294.
[4] Heidelb. Jhb. 1827. S. 1077.
[5] Facetiae facetiarum. Pathopoli 1657. S. 280 f.
[6] Horae Belgicae VI, 188.

sämmtlich auf der Minne Spiel zu deuten seien.[1] Dazu haben ihn ohne Frage die zahlreichen obscönen Spielnamen verleitet, die Fischart mit der Schrift „de virginibus" gemein hat, und die er ohne Frage mit beabsichtigtem Doppelsinn seinem Verzeichnis eingereiht hat. Es ist M. zuzugeben, dass in Fischarts Verzeichnis auch ausser diesen noch eine Zahl von Spielnamen vorkommen, welche gelegentlich in diesem übertragenen Sinne gebraucht werden: ebenso sicher ist es aber auch, dass bei anderen seine Annahme ganz unmöglich ist; Fischart giebt z. B. unter den Spielen ganz unverfängliche Rätselfragen und Sprechübungen, wie „*Kuh rannt zum vieh*" u. a. Wenn wir aber von einzelnen dieser Spiele mit Gewissheit behaupten können, dass F. sie nicht mit irgend welchem Beisinn gebraucht hat, so liegt kein Grund vor, von anderen Spielen, die in der Literatur des 15. Jahrhunderts, welche sich dergleichen doch nicht entgehen lässt, niemals mit obscöner Bedeutung vorkommen. M.'s Ansicht gelten zu lassen. Noch viel weniger kann man bei Altswerts Spielen im Zweifel sein, dass M.'s Erklärung falsch ist. Wenn der Dichter fortwährend gegen die bösen Sitten seiner Zeit eifert, wenn er immerfort betont: *ich wil nit anderz von dir gern, wan du mich mit eren maht wern* (K. 27, 20 vgl. 27, 25 ff'), so ist es gänzlich abzuweisen, dass er den Nebensinn mit den Spielen verbunden habe, den M. hineinlegen will.

Deutlicher noch ergiebt sich dasselbe aus einer Vergleichung anderer Spielverzeichnisse des ausgehenden Mittelalters. In der klassischen Zeit mittelhochdeutscher Poesie war es beliebt. Vergnügungen und Kurzweil bei Festen durch eine kurze Aufzählung zu schildern; so Iwein 65 ff. u. ö. Im 14. und 15. Jahrhundert begnügte man sich nicht mehr mit dem, was solche Stellen boten: sondern wie auf fast allen Gebieten[2] artete auch hier das Muster der klassischen Zeit in Übertreibung aus: die Spiele wurden möglichst gehäuft. So lesen wir in der Beschreibung eines Festes des Artus, deren Text leider sehr verdorben ist:[3]

   Dise lieffen, yene sprungen,
   dise zuelauffens jene von stete;
   so spilten die auf dem prete
   vale (?) vnd alt wurfzabels;
   disse lagen auf dem schachzagels;
   yene tailten jr spil an den val,

[1] Aufsess Anz. II. 312.
[2] Dazu gehören z. B. die Personalbeschreibungen seiner Geliebten 24. 20 bis 25. 32. 122. 3 bis 32. vgl. Wackernell, Hugo v. Montfort S. XCVIII.
[3] Altd. Blätter II, 217 ff. (10. 26).

so schlugen dise den pal;
die lieffen die pare,
hie mit gahe, dort mit harre;
so schussen yene zu dem zile,
man tailte hie einander spile,
da schussen sy den schafft.
so redeten diese von ritterschaft,
die andern von den frauen,
— — — — — — —
diese sungen widerstreyt,
die andern wurfen den stain,
sunst was jr dhain
er het sein spil getzaiget
und die sunne was genaiget.

Man sieht deutlich, dass dies nur eine Erweiterung von Stellen, wie die oben aus Iwein citierte, ist. Vor allen Dingen war bei einer Beschreibung des Venusberges, wo ja nur Lust und Freude herrscht, zur Aufzählung von Spielen der geeignete Ort. Daher finden wir in „der minne kloster", einem Gedichte des 14. Jahrhunderts, dessen Überschrift in einer Dresdener Hs.[1] geradezu „de monte feneris agitur hic" lautet, eine ganze Reihe von Spielen angeführt: es heisst hier [2]:

Von mannen vnd frawen
mag er wonder schawen
was man schimpff erdencken mag
spat früw nacht vnd dag
wiltu schlaffen oder wachen
du horst singen vnd lachen
du sist tusch lesen zebet
do spilent zwey dort in dem bret
vmb ein guldin vingerlin
ritter vnd jungfrewlin
siht man da des greszlins spilen
wen möcht der kurtzwil befilen
wiltu dan vinger zelen
so mahtu dir erwelen
eins zu fragen nach dinem sinn
des dir min fraw die mynnl
mit gantzem willen wolgan
ob du stet druw wilt han
schalmyen pfiffen ist da vil
büsümen bogen all spil
hort man da mit schall
drib was dir gefall
wiltu danzen reygen
wiltu selb viere dich zweygen
des vindstu mit züchten stat
wiltu ziehen vmb schächmat
schaffzabel vmb ein gebieten
des macht du dich wol nyeten

[1] Falkenstein, S. 390.
[2] Pal. Germ. 313, 46 b = LLS. II, S. 214.

> mit mancher schar jungkfrawen
> es möcht ein man wol schawen
> mangleye schimpff
>
> wer will den stein stossen
> der vindt wol sin genossen
> ald mit dem jnsen stechen
> du sihst auch mit dem zwechen
> vff den disch kempffen dick
> by eym eynigen augenblick
> fellet eyner vff den gebel
> du sihst den katzenstrebel
> gesellen ziehen jn dem gras
> eyner dut dies der ander das
> wiltu schirmen oder springen
> blos vechten oder ringen
> vnd an der stange snellen
> so hört man jn den zellen
> heimlich snes seytten spil
> wellerley man hören will
> wiltu beissen oder jagen
> nieman kan dirs gar gesagen
> wiltu dan ryten
> so sachst by dinen zyten
> nie ritterlicher ritterschaft.

Auch aus niederländischem Gebiet ist aus dem 14. Jahrhundert ein Spielverzeichnis überliefert [1]), ebenfalls ohne jeden Beisinn.

Für Massmanns Ansicht spricht scheinbar eine Schilderung der Kurzweil des Venusberges bei Thurneisser [2]), aber hier hat der Venusberg eine ganz andere Bedeutung. Es stehen der Frau Venus nicht *Staete, Triuwe* u. s. w. als allegorische Gestalten zur Seite wie bei Altswert, sondern in ihrem Gefolge erscheinen *Vnküscheit, Füllerey* u. a. Da nimmt es denn auch nicht Wunder, wenn die Spiele, die genannt werden, zum Teil weniger harmlos sind:

> Im dem (Palast) pflag man der liebe spil.
> da sass ein tisch voll, die kurtzweil
> mit essen, trincken, küssen hetten,
> in dem sal etlich tantzen tetten.
> do spielten etliche in dem brett,
> das Venus vndrem furtuoch hett,
> der rett, schimpft mit eim weib in lust,
> küsts an ein wenglein, greift andprust,
> vnd sonst an ort, die loss ich bleiben
> wie dann die buoler stettigs treiben.

Nach dem Gesagten werden wir also für Altswerts Spiele behaupten dürfen, dass sie wirklich als Spiele im

---

[1]) Hoffmann's Horae Belgicae VI, 1.
[2]) Archidoxa (Berlin 1575) Bl. 37.

eigentlichen Sinne zu verstehen sind, und dass der Dichter lediglich das Glück der Anderen, im Gegensatze zu seiner Einsamkeit, hervorheben will.

Die Allegorie spielt in Altswerts Gedichten eine hervorragende Rolle. Einen grossen Raum nimmt im K. und TS. die allegorische Deutung der Edelsteine ein. In der Behandlung der Steine zeigen jedoch die beiden Gedichte einen Unterschied. Im K. werden ihnen Kräfte zugeschrieben, welche freilich im Vergleich zu den Schilderungen der Steinbücher sehr allgemein sind und wohl nicht auf bestimmte literarische Überlieferung zurückgehen. So verscheucht der Chrysolith die Sorgen, der Carneol die Traurigkeit: der Chalcedon verleiht Mässigkeit, der Onichel Tugend u. s. w. Im TS. findet sich nur in 102, 30 ein Anklang daran; hier haben die 12 Steine rein allegorische Bedeutung; sie verleihen dem Besitzer keine Tugenden, sondern verlieren ihre Kraft und werden wertlos, wenn die Tugend, welche sie darstellen, verlassen wird. Im K. erinnert nur 45, 17 an diese Art der Auslegung. Dabei sind aber die Tugenden, denen die Steine zum Symbol dienen, in beiden Gedichten dieselben. Von 6 Steinen ist es allerdings nur angegeben, welche Tugend sie vertreten:

Topas (goldgelb): Minne 42. 11. 113. 4.
Smaragd (grün): Liebe 45. 20. 66. 28. 112. 4.
Saphir (blau): Staete 44, 31. 66. 21. 112. 25.
Adamast (schwarz): Triuwe 43. 33. 66. 19. 112. 29.
Rubin (rot): Ere 43. 5. 66. 22.
Chalcedon (weiss): Mâze 46. 9. 112. 33.[1]

Die hier genannten allegorischen Namen sind Frau Minne mit ihren 5 Jungfrauen, welche im K. auftreten. Den personificierten Tugenden, welche im TS. noch dazu kommen, werden keine bestimmten Edelsteine beigelegt, die im K. benutzten aber beibehalten, also dürfte wohl der TS. später als der K. verfasst sein.

Die allegorische Ausdeutung der Steine steht im Mittelalter ziemlich vereinzelt. Gewöhnlich werden ihnen fabelhafte Kräfte zugeschrieben. Was sie bedeuten, erfahren wir nur gelegentlich bei Marbod und im Florianer Steinbuch, jedoch zum Teil abweichend von Altswert. Bei ihm hängt ihre Bedeutung eng zusammen mit der Farben-Allegorie. Nur der Adamast ist für die Treue wegen seiner Härte ge-

---

[1] Diese Bedeutung der Steine ist keineswegs allgemein. In des „ellenden knaben" Minnegericht (Pal. Germ. 313, Bl. 422 b) werden zusammengestellt: Venus: Karfunkel; Liebe: Rubin; Staete: Saphir; Treue: Amethyst; Güte: Topas; Ehre: Smaragd: Zucht: schwarzer Diamant Scham: Crystall; Aventür: Chalcedon.

wählt [1]) (vgl. das häufige „*der triuwe ein adamast*"); bei der Wahl der anderen Steine aber ist die Farbe massgebend gewesen, weshalb denn auch Frau Mâze neben dem Chalcedon die ebenfalls weissen Perlen schmücken. Die Deutung der Farben auf Eigenschaften war ja im ausgehenden Mittelalter sehr beliebt [2]) und führte selbst so weit, dass man die Farbe der Kleidung in Rücksicht auf ihre symbolische Bedeutung wählte, sodass Dichter des 14. Jahrhunderts oft klagen, wie wenig meist die Gesinnung mit der zur Schau getragenen Farbe übereinstimme [3]). Auf diese Sitte bezieht sich in unsern Gedichten 69, 24 „*durch dich wil ich tragen blo*"; 115, 2 „*daz din blo sprech friundlich jo*" und 125, 8 „*daz iuwr herz sich kleid in blo*".

Nahe Berührung mit der Literatur seiner Zeit zeigt Altswert im Sp. durch die Aufzählung der neun allegorischen Hundenamen. Seit Hadamar von Laber gehörte die Jagdallegorie zu den Lieblingsmotiven der Dichtung des 14. Jahrhunderts. Suchenwirt, Hugo von Montfort und viele ungenannte Dichter haben sie mit mehr oder weniger Glück behandelt. Bei A. geht die Allegorie über diese Nennung der Namen nicht hinaus. Eine bestimmte literarische Quelle lässt sich auch hier nicht angeben; diese Anschauung war aber auch so allgemein verbreitet, dass wir danach nicht zu suchen brauchen.

Die Buchstabenallegorie zeigt sich TS. 84, 7 ff., seine allegorischen Figuren tragen als Kennzeichen der Tugend, die sie üben, auf ihrem Gewande Buchstaben von Edelsteinen. In anderer Art begegnet sie durch die Bezeichnung der Geliebten mit einem Buchstaben ihres Namens, eine Sitte, welche vom 14. bis 16. Jahrhundert sehr beliebt war.

Über die allegorische Darstellung der Tugenden durch Frauen und Jungfrauen braucht nichts weiter bemerkt zu werden; sie begegnet in ähnlicher Art in den meisten allegorischen Gedichten vom 14. Jahrhundert an.

---

[1]) Schwarz bedeutet sonst Zorn (z. B. LLS. I, 156. — Wegen der Farbe des Adamast trägt die Treue schwarzes Gewand, nicht, wie Zingerle meint (Germ. 8, 503), weil sie trauert, denn dieser Grund wäre für die anderen Frauen in gleicher Weise vorhanden.

[2]) In Einzelheiten mit vielen Abweichungen, cf. Zingerle, Germ. VIII, 497 ff., der allerdings das Gegenteil aus seiner Zusammenstellung folgert — und Wackernagel, kl. Schr. 1, 202 ff.

[3]) „Der ellende knabe," Pal. Germ. 313, Bl. 426: *manch dregt der steten kleid Mit dem mund rund herzen nicht*. — Suchenwirt 23, 85: *davon so waent er staete sein, Daz er in plaber varbe schein erzaiget sich den vrawen guot*. — Ähnlich mehrere Stellen im Gedicht von den Farben in Myllers Sammlung III, XXIV.

Allegorisch sind schliesslich noch die vielen Vergleiche zu nennen, die wir unten in anderm Zusammenhange geben. Wir wenden uns nun zum eigentlich didaktischen in Altswerts Dichtungen. Ein häufig behandelter Stoff, den wir bei ihm finden, sind die Regeln der Minne[1]. An drei Stellen giebt er solche Vorschriften für Anhänger der rechten Minne (2, 1 ff., 30, 26 ff., 60, 8 ff.), die in Einzelheiten abweichen, aber im Wesentlichen denselben Inhalt haben. K. 31. 8 wird gesagt, dass es zwölf Gebote der Minne gebe „die allenthalben sint bekant": aber wenn auch die Vorschriften in anderen Gedichten zum grossen Teil sich mit den hier gegebenen decken, so können wir doch diese Zahl nirgends sonst nachweisen[2]. Von 10 Geboten ist sonst öfter die Rede[3], auch 13 kommen vor[4].

In diesen Vorschriften für rechte Minne fordert er Liebe zu Gott, Ehrerbietung gegen die Frauen. Er verlangt wie Suchenwirt und im Gegensatze zu Teichner, Fahrten gegen die Ungläubigen; tapferen Helden wie Artus und Parzival soll man nachahmen, die 12 Tugenden sollen Frau und Mann halten.

In Gegensatz zu dieser rechten Minne stellt er aber die neue Minne, die überall ihren Einzug gehalten hat. Er klagt wie Suchenwirth, Teichner und andere Dichter der Zeit über den überhand nehmenden Luxus in der Kleidung, über die unsinnigen und unanständigen Trachten. — Der andere Teil seiner Klagen gilt dem Umgange zwischen Frauen und Männern („wie eins daz ander handel"). Die Frauen haben die Tugend der Staete verlassen, sie streben statt dessen nach Abwechselung (51, 15). 5 Liebhaber sind ihnen lieber als 4[5], und einen betrügen sie wie den andern. Die Männer ver-

---

[1] Wie beliebt solche Vorschriften für ritterliches Leben waren, zeigt ein Gedicht im Liederbuche der Hätzlerin, S. 252; es ist nichts als eine Zusammenfügung der Lehren in Herm. v. Sachsenheims Spiegel und Sleigertüchlin 194, 31 ff., 212, 18 ff. Vetter druckt es im XII. Bande von Kürschners „Deutsche National-Literatur" nach dem nicht ganz fehlerfreien Texte der Hätzlerin ab; so ist z. B. v. 4 kübel zu lesen, denn gemeint ist wohl das Kübelturnier (s. Spalart, Versuch über das Kostüm III, 481, vgl. Herm. v. Sachsenheim. Mörin 4092).
[2] Auch S. 2 und S. 60 sind es nicht 12; dagegen im TS. 83, 17 „sie hant der zwölf tugent gewalt" sind es zwar 12, aber andere.
[3] So Cersne, Minneregeln 676; Döcen, Misc. II, 171.
[4] z. B. beim „ellenden knaben".
[5] Vgl. Weckherlin, Beiträge S. 61: ain ich und nicht mere wer allen frawen ain ere: sie wollens aber nicht recht verslitan, ir aine wil zwen oder drey han. — Altd. Wälder 3, 165 (des papstes gebot zu den maiden und wiben) und gnuge ir dann an einem nicht, so tuo sie als dicke me geschicht und neme wie vil sie ir welle. — Altsw. s. XV (Venus gewaltbrief) ieglich gut fraw vnnd man sol furbas dry bulen han, — LLS. III, Nr. 182, 230 ff.:

gelten ihnen deshalb gleiches mit gleichem (52, 1). Tapferkeit ist bei ihnen geschwunden, in fremde Lande will keiner mehr ziehen, aber doch renommieren sie gegenüber den Frauen mit ihren weiten Reisen (53, 12)[1]). Ehrerbietung gegen die Frauen kennen sie nicht mehr, lässt sich eine ihre rohe Begegnung nicht gefallen, so sind sie unwillig, dass sie keinen Scherz vertragen könne. Wer die neue Minne nicht mitmacht, muss Spott und Verachtung über sich ergehen lassen (55, 9 ff.)[2]. Aber die falsche Minne wird in der Hölle ihren Lohn finden, darum soll man sie fliehen und die, die ihr dienen.

Zum Teil tragen die Gebote der Minne sprichwörtlichen Charakter. Die Verse 2. 18 f., welche, wie sie dastehen, kaum verständlich sind, enthalten vielleicht eine Anspielung auf das Sprichwort: *Leide und meide, das ist die kreide.* [3]) Zu 6. 5 ist zu vergleichen: *„büwen uff einen rysenden bosen grünt".* [4]) Ein anderes Sprichwort wird K. 57. 26 citiert: *„zu kurz zu lang fürhonet als spil";* es findet sich in ähnlicher Fassung bei Geiler: *„zu lützel und zu viel verhöhnet alle spiel".* [5]) Zu den verbreiteten Redensarten ist auch zu rechnen 55. 13: *„er sol rauchfas umb kirchen tragen";* in Herm. v. Sachsenheims Grasmetze [6]) heisst es: *„siu sprach das du jarlame ain rochfass dem pfaffen truegest nach, das wer dir weger".* Ebenso TS. 100. 11: *„und hätte sü mir min vatter erslagen",* welches in dem Zusammenhange, wo es steht, etwas komisch wirkt; dieselbe Redensart begegnet auch Wittenweiler. Ring XVII b, 36: *„hiecz mir all mein freunt erschlagen";* auch bei Fischart in der Trunkenen Litanei (Gargantua 1590, S. 165): *„hett schon der wein mein eltern erschlagen".* Hierher gehört auch 103, 9: *„nieman nütz, also tuot der müse grütz".* Zu 7, 7 citiert schon

---

ainem soltu verheizzen, den andern soltu raizen, das er sy in guotem wan: so soltu den dritten han in gesellen wis, so ist dir wol u. a. — Umgekehrt Hätzl. XXIX, 180 (s. 190): *„Chain man sich nun benügen latt, der nit drei oder vier hatt.*

[1]) *lumen* stellen wir zu *lomen* = klingen. Lexer citiert unsere Stelle unter *lüemen,* es ist uns ganz unverständlich, welchen Sinn er mit ihr verbindet.

[2]) Vgl. Suchenwirt 25, 267 ff: *Chumpt tze hof ein ritter guot, dem wicht nymant ain dril; si wenent si sein rolchumen gar und nement chaines pidiben war.*

[3]) Eiselein, Die reimhaften, anklingenden und ablautartigen Formeln der hochdeutschen Sprache. Bellevue 1841, S. 18.

[4]) Keller, Erzählungen aus altdeutschen Handschriften 382, 2.

[5]) Eiselein a. a. O. S. 62; anders drückt sich Vintler aus: *„übermas wüestet alle spil"* (pluemen 6441).

[6]) Pal. Germ. 355 Bl. 144 b; die Grasmetze ist etwa um 1418 verfasst, vgl. Mone im Bad. Archiv I, 72 ff.

Holland Vrid. 95. 18: "*gewisse vriunt, versuochtin swert din sint ze noete goldes wert*".

Das letztgenannte Sprichwort führt uns zu einer anderen Art, durch die A. seine Rede zu veranschaulichen sucht, dem Gleichnis. Er sagt 6. 10: "wie alte Jagdhunde, Falken und Schwerter[1]) besser sind als neue, so verdienen auch alte Minner vor den jungen den Vorzug." Das Gebahren der jungen Gesellen den Frauen gegenüber vergleicht er mit dem eines Metzgers, der ein Kalb begreift (55. 3). Seine Geliebte steht weit über allen Frauen, wie der Löwe der König der Tiere ist und der Adler in den Lüften herrscht (97. 19); sie durchleuchtet sein Herz wie der Sonne Glanz den Himmel im Morgenrot erstrahlen lässt (106. 11); wie die Sonne mit ihrem Lichte dem Monde seinen Schein giebt, so möge auch sie ihm thun (111. 21). Wie man Gold am Probierstein erkennt, den Rubin vor rothem Glase an seinem Schein, ein gesundes Schwein vor einem unreinen an seiner Zunge[2]), so unterscheidet man am Glanze des Wunderspiegels die Bösen von den Guten (120. 29).

Viel zahlreicher noch als diese ausgeführten Beispiele sind die einfachen Vergleiche. Die Minne wird einem Feuer verglichen, daher wiederholen sich Ausdrücke, wie *herzen brunst, sendens fiur, minne fiur, minne zunder, minne rick, minne rost*, sehr oft; die Ausführung des Bildes geht so weit, dass er sogar von der *minne tampf* spricht (27. 12. 65. 11). Ein anderes Beispiel eines ausgeführten Vergleiches ist 124. 1: *ir zucht grüenet überal, missedank ist an ir val.* — Unerschöpflich ist er in Ausdrücken zum Preise seiner Geliebten, von denen ein grosser Teil der Mariendichtung entstammt. Er vergleicht sie dem Löwen, dem Adler, dem Falken, nennt sie *min gim, min gold* und vergleicht sie den edlen Steinen, dem Spiegelglas, der Wurzel und dem Stengel des Balsams, der Mandel, dem blühenden Rosendorn. Sie ist sein Sonnenschein, sein Stern, seines Heiles Morgensegen, sein lustig Paradies, sein weltlich Himmelreich, sein irdischer Engel. Er preisst sie als Fundament und Mauer der Stetigkeit, Lamm aller Demut, seines Heiles Wünschelrute, Heiles Bach, Trostes Dach u. s. w, Besonders liebt er es, Vergleiche vom Baume zu entlehnen, so *saelden stam, heiles zwîg, lustes ast, trostes wurzelsaf, trostes bluot* u. a. (vgl. bes. S. 67. 72 f., 117 ff., 123 f.)

Die Zusammenstellung eines Substantivs mit einem Genitiv — um das gleich hier anzuschliessen — ist eine dem

---

[1]) Eine Beziehung zu dem Neithardspiel (Fastnachtspiele I., 426, 38 Keller), wie sie Keller andeutet, ist nicht anzunehmen.
[2]) Vgl. M. S. H. II, 367. (der wilde Alexander): *nu merket wie ein kündic man ein unrein swin erkennen kan: er kiust ez bî der zungen.*

Dichter sehr geläufige Ausdrucksweise. Gern setzt er zu einem Wort den Genitiv eines gleichbedeutenden, so *jamers leit, jamers not, sinnes muot, glanzes blick, banden strick, herzen sinn, glanzes schin*: aber auch sonst ist diese Umschreibung sehr häufig: *muotes lust, der eren port, der saelden pas, herzen schrin, herzen port, herzen brust, herzen graft, herzen fluot* u. a.

Eine sehr häufige Umschreibung ist auch *schliefen in der saelden kleit*, ebenso *affenkleit, erenkleit, lidenskleit, engelkleit, lasterkleit*.

Vorliebe zeigt er für die Lieblingsworte der Meistersänger des 14. Jahrh. So gebraucht er oft: *zirkel, zirkelkreiz, zirkelmaz, winkelmez, der mazen ring, leitrertrip, überlast*,[1]) *brucken und stegen* (109, 32)[2]).

c. Poetische Begabung Altswerts.

Die Leistungen Meister Altswerts sind in poetischer Hinsicht von sehr geringem Werte. Die ganze Darstellung ist überaus nüchtern und trocken, nur eine Stelle, der Anfang des TS., erhebt sich über das übrige. Hier zeigt er ein tiefes Gefühl für die Natur. Er beschreibt den Eintritt des Winters, zuerst in allgemeineren Ausdrücken in der Weise der Zeit des höfischen Minnesangs (die Reime *ralwen: kalwen, grisen: risen* erinnern an ähnliche in der Warnung); dann schildert er aber auch in bestimmten einzelnen Zügen die Not der ganzen Natur. Diese Erwähnung kleiner Züge aus dem Naturleben ist ja im ausgehenden Mittelalter öfter anzutreffen, im Gegensatze zu nur allgemein gehaltenen Schilderungen der Blütezeit mittelhochdeutscher Poesie; nirgend findet sich jedoch die Ausführung so reich wie gerade an unserer Stelle. Aber dies hübsche winterliche Stimmungsbild passt gar nicht zum Inhalte des folgenden Gedichtes, denn plötzlich ist es Mai geworden, und es heisst 74, 16: *doch so fröw ich mich daz, da kumen ist loup, bluomen, gras*. Dieser Wechsel ist eigentlich ganz unbegründet und kommt so unvermittelt, wie etwa in Neithart Fuchs Sommer- und Winterlieder aufeinander folgen. Wahrscheinlich ist der Eingang einem Minneliede, welches dem Dichter gut gefiel, nachgebildet; die vollen Reime gegenüber den alltäglichen in allen anderen Teilen der Gedichte unterstützen diese Vermutung.

Auch formell zeigt A. Mangel an jeglicher Begabung.

---

[1]) Meisterlieder der Kolmarer Hs., hsg. von K. Bartsch, Stuttgart 1862, S. 351, V. 20.

[2]) A. a. O. No. LXXVI, 16.

Seine Reime sind zwar verhältnismässig rein zu nennen[1], aber er hat deren eine ausserordentlich geringe Auswahl, einzelne kehren unzählige Male wieder, und man sieht, wie sehr es ihm Mühe macht, passende Reimwörter zu finden. Die Folge dieser Reimnot sind Flickverse, welche wohl kaum in andern Gedichten in so grosser Anzahl begegnen; man könnte an manchen Stellen jeden zweiten Vers streichen, ohne irgend welchen Nachteil für den Sinn. Solche oft wiederkehrenden Verse sind meist Beteuerungen: *das ist also sonder trügen* 72, 28; *daz ist war on alles melden* 73, 7; *on allen zwifel und on haz* 73, 11; *für war suln ir gelouben da*: 87, 7; *daz swer ich uf die triuwe min* 105, 3; — oft auch ganz müssige Zusätze: *beid die nacht und ouch den tag* 75, 23. 71, 31. 80, 31 u. ö.; *beide groz und dobi klein* 80. 33, vgl. 93, 3. 96. 28. 78. 3; *beid offenbar und stille* 82, 12. 101, 15; *daz red ich mit dem munde* 85, 2; *weder ze kurz noch ze lang* (oft); *uz sines herzen grunde* 89, 13 u. ö., und viele andere. Dazu kommen noch die vielen ganz bedeutungslosen Substantive mit *one* oder *sonder*, die den Reim füllen; besonders sind es *hel, var, riuwe, trugent, schranz, tratz, spar, tag, melden*.

Die Verlegenheit, einen passenden Reim zu finden, offenbart sich ferner in ganz verschrobenen Stellungen, indem z. B. ein Vers mitten in einen Satz tritt, mit dem er nichts zu thun hat, so 33, 13. Als Beispiele führen wir sonst noch an 11, 3 (durch 7 aufgenommen); 11. 13 (durch 17); 16, 12. 16; 21. 2 (erst durch 21. 13 aufgenommen); 27, 3; 49, 8; 71, 10; 79, 2; 104, 18.

Ebenso häufig hat derselbe Grund zu unnützen Wiederholungen geführt: so 18, 12. 17; 19. 24. 27; 24. 21. 33; 24. 20. 31; 74, 28. 32; 79, 18. 20; 91, 4. 6; 103, 6. 8; — Beispiele, die sich leicht vermehren liessen.

Im Bau der Verse kann man bei A. noch deutlich das mhd. Prinzip erkennen, die klingenden dreihebig, die stumpfreimenden mit 4 Hebungen zu bauen. Wenn schon in der ersten Hälfte des 14. Jahrhunderts diese Regel von Dichtern, wie Teichner, verlassen ist, welche den Vers, gleichgültig, ob stumpf oder klingend, stets vierhebig bauen, so kann es nicht Wunder nehmen, wenn Beispiele vierhebiger Verse mit klingendem Schlusse hin und wieder auch bei A. begegnen (50. 29). Jedoch ist die Zahl solcher Beispiele sehr gering und wird im Original noch geringer gewesen sein, denn häufig bietet Hs. C. dreihebige Verse, wo A. B. vier Hebungen aufweisen

---

[1] Ungenaue Reime, die nicht auf mundartlichen Eigentümlichkeiten beruhen, sind nur *tragen : beladen* 5, 2; *ougen : glouben* 25, 1; *glouben : tougen* 5, 30; *landes : Alexanders* 86, 12.

(70. 11. 12: 88. 19; 60. 19); seltener findet sich bei A. B. das richtige (33. 33; 60. 21). Die Verse, welche nach mhd. Regel zweisilbig-stumpf reimen, haben, trotzdem der Grund der Regel durch Quantitäts-Veränderung der Vokale in Fortfall gekommen ist, in der Mehrzahl vier Hebungen, wenn auch dreihebige nicht zu den Seltenheiten gehören. Eine zahlenmässige Vergleichung des Verhältnisses zu geben, kann nicht versucht werden, weil nicht immer mit Sicherheit entschieden werden kann, ob ein Vers mit 3 oder 4 Hebungen zu lesen ist; denn die Freiheit zweisilbiger Senkung, die sich bei A. wie auch sonst bei elsässischen Dichtern findet[1], gestattet oft beide Annahmen, und für die Beurteilung, ob ein auslautendes e abgefallen ist oder nicht, fehlt uns bei der ungenauen Überlieferung jeder Anhalt, wenn nicht der Reim uns Gewissheit giebt; dazu kommt noch die grosse Sorglosigkeit der Abschreiber, welche für den Sinn überflüssige Worte ohne Rücksicht auf den Versbau weglassen; so schreibt C. den häufig sich wiederholenden Vers „*ez si die nacht oder der tag*" nur 12. 3; 45. 16 richtig, an den übrigen Stellen ist der Artikel vor beiden Substantiven weggelassen; in A. B. ist derselbe Vers 45. 16 in derselben Weise verkürzt. In vielen Fällen lässt sich aber nicht wie hier angeben, welche Lesart die ursprüngliche ist. Die Versbetonung ist im allgemeinen dem Wortaccente gemäss. Ausnahmen machen aber z. B. die Adjective auf *-ig, lustig: sig, wirdig: blig.* Der Auftakt ist oft nicht vorhanden; die Senkung kann bei Sinnesabschnitten fehlen. Ganz frei gebaut sind die Schlussverse im TS. (114, 20 ff.). Dreihebig stumpfe Verse, wie sie z. B. 108. 2 ff. in Kellers Ausgabe vorkommen, sind durch Annahme der Lesarten von C. in vierhebige zu verwandeln.

---

[1] Vgl. Strassburger Studien III, Heft 3.

3. Abfassungszeit.

Eine ganz genaue Datierung der 4 Gedichte Altswerts ist nicht möglich, aber zu einer ungefähren Bestimmung ihrer Zeit bieten sich einige Anhaltspunkte. Mone[1]) setzte sie, besonders auf Grund ihrer Verwandtschaft mit denen Suchenwirts, ins 14. Jahrhundert. Auch Uhland[2]), der es für wahrscheinlich hält, dass der TS. Herm. v. Sachsenheim in seiner Mörin zum Vorbilde gedient habe, urteilt, dass sie noch dem 14. Jahrhundert angehören. Keller, der übrigens beider Ansichten nicht kennt[3]), teilt sie der Mitte des 15. Jahrhunderts zu, ohne indes eine Begründung dafür zu geben, und derselben Ansicht schliessen sich alle späteren, so weit uns bekannt ist, an.[4]) Der Inhalt der Gedichte ist frei von jeder historischen Anspielung, und ausser Erwägungen allgemeinerer Art giebt nur die ausführliche Schilderung der Modethorheiten (50 ff.) uns eine Handhabe zur Zeitbestimmung. Hier wird nun im K. nichts genannt, was sich nicht schon in der zweiten Hälfte des 14. Jahrhunderts nachweisen liesse. Die enge und kurze Kleidung begann nach den übereinstimmenden Berichten der Chroniken bald nach 1350. Unter ihnen ist besonders der des Chronicon Moguntinum[5]) zum Jahre 1367 charakteristisch, weil er von ähnlicher sittlicher Entrüstung getragen ist, wie die Schilderung im K. Diesen Hauptzug der neuen Tracht bezeugen Chroniken und Kleiderordnungen aus dem 14. Jahrhundert gleichmässig. Für die kleinen Einzelheiten müssen wir die verschiedenen Nachrichten sich ergänzen lassen, da natürlich nicht in jedem Bericht oder Erlass eine vollständige Berücksichtigung aller Details zu erwarten ist. Wir können dies ohne Bedenken thun, da alle diese Trachten nicht örtlich beschränkt auftraten, sondern, wie uns Beschreibungen und Abbildungen aus den verschiedensten Landesteilen lehren, in ganz Deutschland Verbreitung fanden, wenn auch mit geringen Unterschieden der Zeit.

---

[1]) Heidelb. Jahrb. für Lit. 1827, S. ff. 662
[2]) Schriften II, 235.
[3]) Meister Altswert. S. V.
[4]) So Weinhold (Die deutschen Frauen in dem Mittelalter, S. 403) Falke (Trachten und Modenwelt), Bartsch Allgem. deutsche Biographie unter Altswert.
[5]) Chroniken der deutschen Städte, Bd. XVIII, 174, 28 ff.

In der folgenden Zusammenstellung geben wir zu den Moden, die der K. erwähnt, Parallelen aus anderen Berichten über die Moden des 14. Jahrhunderts. Vorangestellt sind die der Frauen:

50, 24: die fremde löcke henken an
an die zeine die sie tragen.

Strassb. Kl.[1]):

datz ouch kein frowe sich nit me verwe oder locke von totten har an hencken sülle.

50, 27: die houptloch sind in also wit
daz in die achsel huze lit —
sere sicht man in die buoben.

Strassb. Kl.:

daz houptloch sol sin, daz man ir die brüste nit gesehen müge, wenne die houptlöcher süllent sin untz an die ahsseln.

51, 2: die buoben sind geschurzet uf.

Strassb. Kl.:

daz keine frowe, were die ist, hinnanfür sich nit me schürtzen sol mit iren brüsten, weder mit hemeden noch gebrisen roecken noch mit keinre ander gevengnüsse.

51, 10: mangen kostbern rock.

Strassb. Kl.:

es sol ouch kein frowe, wer die ist, keinen rock tragen der me kostete danne XXX gulden.

51, 11: welchü nit hat krüs lock
die flichtet bi den oren.

Hierfür fehlt, wie es scheint, ein Beleg; vgl. aber Kellers Erzählungen aus altd. Hss. 678, 18: „*dye lock bei den oren. dye seint fast her für gezogen*"; die Verse gehören jedenfalls dem 14. Jahrhundert an.

In ähnlicher Weise wie A. äussern sich auch andere Dichter über die Modethorheiten der Zeit.[2])

Für die Kleidung der Männer können wir nicht an allen Stellen sichere Belege geben, weil uns hier die Kleiderordnungen oft im Stich lassen, die sich vorwiegend auf die Ausartungen der weiblichen Kleidung beziehen. Vielfach sind wir daher auf Vermutungen angewiesen, denn aus den Worten Altswerts ist nicht immer klar zu ersehen, auf welche Tracht er anspielt.

---

[1] Strassburger Kleiderordnung (nach Schneegans aus den 70 er oder 80er Jahren des 14. Jahrh.), gedr. Zeitschrift f. deutsche Culturgesch. 1857, S. 366.

[2] So Teichner, vgl. Wiener Jahrb. f. Literatur I. Anzeigeblatt S. 37. — Suchenwirt. z. B. Nr. 25 und 30 in Primissers Ausgabe. — Kellers Erzählungen aus altd. Hss., S. 676.

52, 8: welre hat einer gense kragen
gemacht uz sinem kugelhuot.

Gemeint ist wohl die aus Frankfurt bezeugte Mode[1]):
„*biss die hut darnach so hoch worden, das manchmal uf $2^1/_4$
riertheil die höhe und 5 sechszehntheil der ellen die bort worden*",
für die jedoch eine Zeitangabe fehlt.

52, 11: mit den hocken han sie not.

Welche Art von Hocken hier gemeint sind, ist ungewiss.
Vielleicht die, welche die Limburger Chronik z. J. 1350 erwähnt, die „*all vmb rund und gantz*" waren und „*glocken*"
genannt wurden; doch lässt es sich nicht entscheiden, denn
das „*han sie not*" ist ein zu unbestimmter Ausdruck.

52, 12: wie in der krage slecht stat.

Jedenfalls sind die steifen Kragen gemeint, die im
14. Jahrhundert bezeugt sind; so aus Kreuzburg: „*doppelte
krägen von tuch mit taig zusammengekleistert*"[2]), oder aus
Böhmen[3]): „*umb den hals herumb trugen die reichen einen silbernen
text und die armen einen zinnernen, und hatten also beschlagene
krägen, nicht anders als die englischen oder schafhunde, damit
ihnen die wölfe nicht schaden sollten*". Das letztere ist das
wahrscheinlichere, denn es tritt auch in Böhmen gleichzeitig
mit der jetzt folgenden Mode auf.

52, 13: sie machen alle leuwen brust —
er bringet es mit boumwol zuo.

Hagecius[4]):

„etliche trugen auch auf der brust mit baumwollen
gefütterte und ausgefüllete brustlätze, auf dass es ein ansehen
haben muste, gleich als mann so wohl gebrüstet wäre als
eine weibsperson und pflegten also dieselbigen falschen
brüste und bäuche gar sehr einzuschnüren."

53, 1: die hosen sind lang, die schuohe krump.

Lässt sich nicht näher bestimmen.

53, 3: der kugelhuot ist wol beslagen.
53, 9: daruf ein feder von eim strus.

Die Kleiderordnung von Speier 1356 gebietet[5]): *kein
mann soll federn, metallröhren, geschmelz auf den gugeln tragen.*

---

[1]) Wohlleben und Prachtliebe der Gesellschaft Limburg. Zeitschr.
f. deutsche Culturgesch..I 1856, S. 78.
[2]) Weiss. Kostümkunde. Nenzeit. Stuttg. 1872. S. 218.
[3]) Hagecius, Böhmische Chronik. Nürnb. 1697. z. J. 1367. S. 612.
[4]) a. a. O. — Ausser bei A. scheint diese Mode nur aus Oesterreich
bezeugt zu sein, vgl. Suchenwirt 40, 46: *du tzeuchst dich ein daz du pist
vrat, in den seitten daz ich spür, paumwoll legest du da für.*
[5]) Weiss, a. a. O. S. 202.

Eigentümlich ist es, dass noch einige andere Kleidertrachten in Altswerts Gedichten vorkommen, ohne dass er an ihnen Anstoss nimmt, während sie sonst dem Tadel und Spott der Zeitgenossen ebensowenig entgangen sind. So trägt er selbst (79. 30) geteilte Kleidung *(halb grüen andersit rot)*; aber das hat seine Berechtigung, denn es ist das Kleid der Herolde und anderer im Dienste einer Herrschaft stehenden Personen, und er kennzeichnet sich dadurch als „*hofgesind zweier hochwerden kaiserin*" (81. 31).

Seine allegorischen Figuren ferner tragen gestickte Buchstaben in bestimmter Bedeutung (84. 5 ff.); von den Kleiderordnungen wird diese Mode wegen der Kostbarkeit verboten; dieser Grund fällt hier fort, denn A. tadelt nur den Aufwand, der das Vermögen übersteigt: die erwähnten Frauen aber haben an allen Kostbarkeiten den grössten Überfluss. Diese Buchstaben-Allegorie war ebenso wie die Farbensprache besonders im 14. Jahrhundert beliebt, und aus dem Ende desselben besitzen wir ein Spottgedicht auf diese Tracht [1]; dass A. gar keinen Anstoss daran nimmt, beweist wohl, dass zu seiner Zeit sich diese Art der Allegorie noch in bescheidenen Grenzen hielt, und spricht für eine frühere Zeit. In der zweiten Hälfte des 15. Jahrhunderts, wo diese Tracht wieder modern wird, artet sie in die möglichste Übertreibung aus. [2]

Aus der gegebenen Zusammenstellung zeigt sich, dass alle bei A. vorkommenden Moden, so weit wir den Sinn seiner Worte erkennen können, mit den sonst aus dem 14. Jahrhundert berichteten übereinstimmen. Aber ganz dieselben Trachten finden sich auch im 15. Jahrhundert. Denn nachdem die Mode um die Wende des 14. Jahrhunderts in das gerade Gegenteil umgeschlagen war, und man von der gespannten Kleidung zu einer weiten, möglichst viel Stoff erfordernden übergegangen war, kehrte man um die Mitte des 15. Jahrhunderts plötzlich zu der engen Kleidung des 14. Jahrhunderts zurück. Zwar mochte sich dieselbe hier und dort nebenher gehalten haben, jedenfalls aber trat der Umschlag der Mode als solcher in das Bewusstsein der Zeitgenossen, und für das Allgemeinwerden der neuen Tracht wird uns für das Elsass das Jahr 1452 angegeben. [3] Bei A. kann nur von einer solchen allgemeinen Mode die Rede sein, denn wenn hier und da einer unter der jüngeren Generation ihr gehuldigt hätte,

---

[1] LLS. I, 579 ff. Vgl. Wackernagel, Kleine Schriften I, 236.

[2] Vgl. Ensisheimer Chronik z. J. 1492: Zeitschrift für deutsche Kulturgesch. II 1857, S. 380.

[3] Vgl. Schneegans, Zeitschrift für deutsche Kulturgeschichte II (1857), S. 366 ff.

würde er sich nicht so ereifert haben. Wir haben uns daher zu entscheiden, ob A. im 14. Jahrhundert oder nach 1452 gedichtet hat.

Wollten wir letzteres annehmen, so würde, da unsere Hss. sämmtlich noch dem 15. Jahrhundert angehören, eine überaus schnelle Verbreitung der Gedichte vom Elsass bis in die verschiedensten Gegenden rechts des Rheins stattgefunden haben, denn wir können aus unseren Hss. auf die Existenz von mindestens noch drei anderen ausser dem Originale sicher schliessen. Diese Annahme ist deshalb ziemlich unwahrscheinlich. — Gegen das 15. Jahrhundert spricht unter den oben erwähnten Moden die unter 52, 13 angeführte, welche nur aus dem 14. Jahrhundert bezeugt ist; wäre sie auch im 15. Jahrhundert vorgekommen, so würden wir bei einer so abnormen Tracht nicht ohne Nachricht darüber sein, besonders da für diese Zeit die Quellen viel reichlicher fliessen.

Endlich spricht aber auch der ganze Ton und die Anschauungsweise, wie sie uns in den Gedichten entgegentritt, dagegen. Vergleichen wir Dichter des 15. Jahrhunderts, die ebenfalls für die höheren Schichten der Gesellschaft gedichtet haben, so zeigt sich ein ganz bemerkenswerter Unterschied. Alles was oben unter Anschauungen Altswerts zusammengestellt ist, ist zum grossen Teile Gemeingut aller Dichter des 14. Jahrhunderts; bei denen des 15. Jahrhunderts tritt es sehr zurück. Andererseits vermissen wir bei A. vielerlei, was im 15. Jahrhundert besonderer Beliebtheit sich erfreute; so ist ihm die Sage vom Tannhäuser noch unbekannt, während sie vom 15. Jahrhundert ab unzertrennlich mit der vom Venusberge verbunden erscheint. Mit den Dichtern des ausgehenden 14. Jahrhunderts dagegen zeigt A. eine so auffallende Verwandtschaft, dass man fast zu allen Einzelheiten Parallelstellen aus Suchenwirt, hin und wieder auch aus den Meistersängern, aus Teichner und Hugo von Montfort beibringen könnte, daher wird er auch zeitlich nicht von ihnen zu trennen sein.

Es scheint uns, als ob bei der Verlegung Altswerts ins 15. Jahrhundert hauptsächlich die derbe Sittenschilderung im K. bestimmend gewesen sei. Allerdings ist die Verwandtschaft mit ähnlichen aus dem 15. Jahrhundert, besonders in den Fastnachtspielen, sehr gross, und aus dem 14. Jahrhundert besitzen wir sonst keine so drastische Beschreibung der damaligen Sittenlosigkeit. Das ist aber kein genügender Grund, denn die Klagen über den Verfall der alten guten Sitten und den Einzug der neuen Minne, die man lieber Unminne nennen sollte, sind im 14. Jahrhundert überall verbreitet. Mit den unsinnigen Moden ging ja die Verrohung der Sitten Hand in Hand, oder vielmehr war ersteres die Folge derselben, und wir bedürfen nicht einmal Zeugnisse. wie das des Hagecius[1]), der von seinen Landsleuten sagt, sie haben „*anderer frembder nationen schändlichen gebrauch in der kleidung und gemüthe, an sich genommen, und seynd von dem wege ihrer vorfahren gar weit geschritten*", um dies festzustellen.

Versbau[2]) der Gedichte endlich und Sprache hindern uns nicht, sie dem Schlusse des 14. Jahrhunderts noch zuzuweisen.

Wir setzen daher die Abfassungszeit der Gedichte etwa um das Jahr 1380.

[1] Böhmische Chronik z. Jahre 1367 (Nürnberg 1697), S. 612.
[2] Vgl. Wackernell in seiner Ausgabe Hugos von Montfort, S. CC f., wo leider Altswert nicht berücksichtigt ist.

4. Die Handschriften.

Altswerts Gedichte sind uns in drei Handschriften überliefert, in deren Bezeichnung wir die von Keller gewählten Buchstaben beibehalten:
  A. = Pal. Germ. 313 (Bartsch 148);
  B. = Pal. Germ. 355 (Bartsch 182);
  C. = Pal. Germ. 358 (Bartsch 185).[1])

Von ihnen hat keine aus der anderen geschöpft, aber A. B. erweisen sich als Abschriften derselben Hs., während C. auf eine andere Quelle zurückgeht. Erwiesen wird dies Verhältnis allein schon durch die von den Schreibern ausgelassenen Verse.
In C. fehlen 7 Verse (55, 20, 82, 7, 91, 3, 105, 17, 111, 23, 119, 31, 122, 2), welche sämtlich in A. B. stehen. Die in A. B. fehlenden Verse finden sich alle in C. Gemeinsam ist A. B. das Auslassen von 64, 1. 2. 115, 3 und die fehlerhafte Wiederholung von 82, 1 nach 82, 6. Ausserdem fehlen A. 63, 32 bis 64, 4 (die Stelle scheint, da auch B. 64, 1. 2 auslässt, in der Vorlage schwer lesbar gewesen zu sein),

---

[1]) Zu den bei Bartsch (Die altdeutschen Hss. der Universitäts-Bibliothek in Heidelberg, Heidelberg 1887) gegebenen Nachweisungen ist nachzutragen:
  Pal. Germ. 313:
43b. Dresden (Falkenstein, S. 390);
222b. Cgm. 270 und 379.
  Schluss 228a.:
      Die mir sitt all hilff verbot
      Die mag erwenden mir vnmuot.
228a. (ohne Absatz) Klage eines Jünglings über die Härte seiner Geliebten. Pal. Germ. 355, 121a. — Anfang:
      Eins zitts nach sant michels dag
      da der sumer endes pflag.
233a. London (Baechtold S. 110);
280b. gedr. LLS. I, 175 (der Dichter nennt sich *Ruschart*);
316a. gedr. LLS. II, 25;
328a. gedr. LLS. II, 433;
343b. London (Baechtold, S. 112);
357. Der Dichter ist *Jungermann*.
375b. London (Baechtold, S. 110);
384a. gedr. aus Cgm. 439. Keller, Fastn. III, 1382;
396b. unvollständig; vollst. Cgm. 439. gedr. Keller, Fastn. III, 1407. Donaueschinger Hs. 72. Frankf. (Anz. f. K. d. d. V. I, 81), London (Baechtold, S. 110).

96. 22 (69. 20 und 96. 23 hat Keller irrtümlich als fehlend bezeichnet) und in B. 76. 18.

A. und B. haben ihre Vorlage ziemlich genau abgeschrieben, denn sie stimmen, ausgenommen in der Schreibung, fast immer überein, auch wo in Kellers Ausgabe nur eine von ihnen mit abweichender Lesart citiert ist. Nur A. ändert willkürlich: solche Stellen, die nicht auf Lesefehlern beruhen, sind 3. 19. 70. 16. 72. 13. 90. 27. 92. 25. 92. 29. 94. 8. 97. 2 (hier um die verdorbene Stelle zu bessern). Die Heimat von A. ist wohl das nördliche Baden, während der Dialekt von B. auf die Gegend von Augsburg hinweist. Aber schon ihre Quelle war nicht elsässisch, denn schon diese hat ihr unverständliche Ausdrücke durch verständlichere ersetzt und ist überhaupt mit dem Texte sehr frei umgegangen. Vor allem sei erwähnt, dass schon in der Quelle von A. B. das elsässische *niergent* in *niendert* verwandelt war (z. B. 59. 28. 33); nur 21. 4 war es stehen geblieben und in Folge dessen auch bei A. B. Ebenso steht *iergent* nur 97. 5 in allen Hss. Auch ausserdem waren einige elsässische Formen stehen geblieben, die B. zu halten bestrebt ist, wie die Correcturen zeigen, z. B. 16. 21 */bru/* (durchstrichen) *burnen* (A. *burn*); 11. 20 *leit /ver/ fürtrib*: 15. 4 */ver/ fürneme*: 26. 16 */sie/ sü*.

Die Hs. C. endlich ist überaus flüchtig geschrieben, was schon die vielen Auslassungen zeigen, aber sie stammt aus einer Vorlage, die den ursprünglichen Text ziemlich treu bewahrt hatte, wohl einer oberelsässischen. Der Dialekt ist dem des elsässischen Parzival sehr ähnlich; so schreibt C. fast

---

406 b. Der Verfasser ist *Kaltenbach*.
449 a. Pal. Germ. 696. 355., gedr. LLS. 1, 211.
    Pal. Germ. 355 :
114 a. Schluss 121 a.:
    Die mir syd alle hilff verbott
    Die mag er wenden mir vn muot.
121 a. = Pal. Germ. 313, 228 a. Anfang:
    Eins zytes nach sant michels tag
    Da der sumer endes pflag.
127 b. Das Zauberkraut. Pal. Germ. 313, 449;
135 a. Parodie auf das apostolische Symbolum (Keller nennt es „moralisches Gedicht",.
146 a. Gedicht in Reimpaaren zum Preise einer Frau.
156 b. Schluss 157 a.:
    Zart frow das jch dich miden solt
    Vnd sölt von dinen gnaden stân.
157 a. Gedicht in Reimpaaren:
    Wenn ich gedenck der lieben zijte
    Was wonn vnd hocher fröd lijte.
    Pal. Germ. 358:
82 b. gedr. Hätzlerin S. 145 :
85 b. Cgm. 270 '„Adams spruch".

immer *eigin, ging, querch, sag* (53. 22). *schende* (41. 25). Diese Quelle kann aber nicht das Original sein, denn in ihr schon fanden sich Fehler, die auch A. B. haben, so z. B. *rinckel* (40. 21). Ferner lässt C. überall den Buchstaben *G* aus, mit dem A. seine Geliebte bezeichnet (23. 4. 32, 10. 60. 2. 72. 22 u. ö), ohne Raum für den Buchstaben zu lassen; das deutet darauf hin, dass schon in der Vorlage dieser für den Rubrikator bestimmte Buchstabe vergessen wurde, also ist die Quelle von C. nicht auch die, aus der A. B. geschöpft haben. Ausserdem beweisen die Reime, dass der Dialekt des Dichters in mehrfacher Beziehung von den Formen in C. abweicht. — Der Schreiber von C. hat, ohne sich um den Sinn zu kümmern, abgeschrieben; vgl. z. B. 37. 24 *fre* statt *rre = ire;* 55. 28 *nicht* statt *nit* (: *lit*). Auch seine Vorlage scheint ausser Änderungen in der Schreibung und in Flexionsformen sich nicht in wichtigen Punkten vom Original zu entfernen. Nur dürfte dem Dichter das Wort *otfer* (71. 3) zuzuschreiben sein, denn es ist nicht anzunehmen, dass ein Schreiber das im Anfange des 15. Jahrhunderts doch wohl allgemein bekannte Wort *storken* durch jenes ersetzt hätte. Die Anwendung dieses Wortes würde uns auf Unterelsass als Heimat des Dichters weisen, da nur aus dessen Nachbarschaft die Form zu belegen ist. Aus Cöln findet sich die Form *oitber* angeführt in Frommanns Zeitschrift „Die deutschen Mundarten" 1855. S. 448; aus Metz als *odeber* (neben *storck*) Strassburger Studien III, 33 (No. 1046) in vocab. Niger Abbas. — Die Verwandtschaft der Handschriften lässt sich durch folgendes Stemma veranschaulichen:

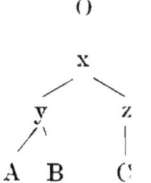

Bei diesem Stande der Überlieferung, wo alle Handschriften aus anderen Dialektgebieten stammen, als dem, in dem Altswert zu Hause war, ist es uns natürlich unmöglich, den Dialekt des Dichters zu rekonstruieren. Für die Textbehandlung ergiebt sich, dass im allgemeinen bezüglich des Wortschatzes die Lesarten von C. gegenüber denen von A. B. den Vorzug verdienen, und dass eine von A. C. oder B. C. gebotene Lesart als gut überliefert zu gelten hat; freilich kommen wir damit nicht zum Originale selbst, sondern zu einer Abschrift desselben, aus der unsere Handschriften sämtlich hervorgehen. Für die Feststellung der Sprache sind wir auf den Reim allein angewiesen.

5. Zum Texte.

Der Text, den Keller in seiner Ausgabe giebt, lässt recht viel zu wünschen übrig. Es ist ein buntes Gemisch von Formen aus den drei vorliegenden Hss., ohne jede Auswahl und Consequenz. Dabei sind die Lesarten, die unter dem Texte angegeben sind, sehr wenig vollständig und zuverlässig, oft auch irreführend, indem als einmalige Variante angeführt wird, was durchgehende Schreibung der citierten Handschrift ist. Auf metrische Lesbarkeit des Textes ist gar keine Rücksicht genommen, dazu reichten allerdings die Lesarten der Handschriften nicht aus, aber auch wo eine Hs. einen richtig gebauten Vers bietet, ist mit Vorliebe die Lesung einer andern gewählt, in der das Metrum zerstört ist. Ebenso ist sehr häufig die Lesart, welche den richtigen Sinn bietet, nicht in, sondern unter dem Texte zu finden. Eine vollständige Aufzählung der Lesarten würde eine neue Ausgabe nötig machen, die diese Gedichte wohl kaum verdienen dürften. Es sind daher im Folgenden nur die wichtigsten nachgetragen, vorzüglich diejenigen, welche der Sinn notwendig fordert.

1, 13 lies *gedienen* BC. — 1, 19 l. *Sü* BC.; ebenso 3, 15 und meist. — 2, 14 l. *sagemer.* — 2, 15 *gefellig* C. — 2, 23 l. *Den die* AB. — 2, 25 l. *frouwen ere* C. (*fröwe ere* B.) (vgl. 3. 6 *frouwen scham*; 4, 10 *frouwen zucht*). — 3, 17 l. *bluwende rosendorn* (?=*rotdorn*). — 3, 18 l. *ich sie glichen* (A. *gelich*) AC. — 4, 11 l. *winkelmez.* — 4, 25 l. *ich dir h.* (*ich dir sagen* C). — 5, 13 l. *er* AC. — 5, 20 l. *mîm lîbe* C. — 6, 19 l. *Die jungen lauffent* C. (wegen des folgenden *in*). — 6, 30 (*für fahet sich nicht* C.). — 6, 33 l. *an das ist* AB. — 7, 11 ? *Der der frowen boese wer* (*der* C., aus *den* verbessert). — 7, 17 *nu numme* C *nymme* A. *nymen* B.). — 8. 32 l. *in mîn* C.; l. *siy* (*zit* C. *zitte* B. *zig* A., vgl. aber 67, 28). — 9, 30 l. *man* C., vgl. 34, 24. — 11, 3 l. *gedicht: slicht* AC. (*schlicht* C.). — 11, 13 l. *ich vergezen* C. (der Genitiv folgt v. 17). — 14, 9 *wunderlichem* B. — 14. 27 l. *Von* B. (C. unleserlich). vgl. 18, 9. — 15, 2 l. *von wissen* C. — 15, 17 *nit* A. *nicht* B. — 16. 10 *jnne: sinne* B. — 17. 13 l. *vâchâ vâch* A (*rocha voch* B.), vgl. *racha daz ross* LLS. 124 (minne kloster) v. 1320. — 17, 14 l. *griffen* AB., vgl. 15. 6. — 17, 16 ? *bî nôt.* — 17, 19: Die Lesart von C. ist unmöglich, denn *gebe* ist Präteritum. —

17. 25: *kerten* B. *korten* A. — 18. 7 ? *was gr.* B. — 21, 32 l. *Der ich* AB. — 23. 33 ? *bildes* B. — 25. 10 ? *sam helfenbeinin das Wort sam* kennt C. nicht, vgl. 18, 24. 23. 2'). — 25, 19 l. *nacketblôz* BC. — 26. 10: nach 10 ist ein Komma zu setzen. nach 11 ein Punkt: *rerstarren an* steht auch 81. 3. — 27. 14: *also* C. — 28. 7: *Also* C. — 28. 25 ist verdorben. Man erwartet etwa *dem getrüwen*. — 29. 1 l. *lôze (lôz* C.) — 29. 26 *swarcz* C. *schwartz* B. — 30, 1 ? *dich*. — 30, 33 ? *Und ror,* vgl. 60, 19 C. und *huete du* 58. 17. — 31. 5: *von geclagen* C. vgl. 39. 19: *mit* (? und 55. 21: *gein* in adverbialem Gebrauche. — 31, 7: *Missedang* AB. vgl. 124. 2. — 31, 14: *wissent* C. — 31. 30: *ich bin* AB. — 32. 3 l. *Din* ABC. — 32, 4 l. *Din* ABC. — 32. 7 l. *Din* BC. — 32. 21 l. *sint* ABC. — 33. 3 l. *an ir* AB. — 33. 4 ? *Mâze: lâze.* vgl. S. 45. — 33. 17 l. *luwen* C., vgl. 72. 13. 114. 28. — 36. 4 l. *gesehe* B ; *geseh* A., vgl. 123,11. — 37, 24 l. *âre* (s. oben S. 31). — 37. 25 l. *trûre* C. — 38. 7 ? *des höher cri*. — 38. 8 l. *lobs* AB. — 39. 13 l. *wer* AB. — 39. 19: *sigenhaft* B. Wenn *sigehaft* richtig ist, was wahrscheinlich ist, so ist wohl mit Holland *mit* zu lesen. Das adverbiale *mite* begegnet im elsässischen Parzival ausserordentlich häufig. — 40. 6 l. *hab* AB. C. meidet auch sonst fast immer den Conjunctiv. — 40. 9 l. *schein* B. Das Komma ist hinter *granatstein* zu setzen. — 40. 12 *lagen* AB. Der Singular findet sich in den Gedichten sehr häufig bei Zahlen, vgl. z. B. 81. 6. 25. 6. — 40. 21 ? *E. onichel. ist wizrar rôt* (constr. wie 41, 15 u. ö.). — 41, 3 l. *Endion* BC. — 42, 27 ? *riche: wiche.* — 42. 29: Das els. auch sonst bezeugte *gemelich* ist der Vorlage von AB. unbekannt. — 44. 13 ? *Des hân ich.* Keller. — 44, 17: Der Vers ist unverständlich. Für das *Er* fehlt eine Beziehung; das *genote* soll wohl *genôt* sein, wie die Lesart von AB. zeigt. Für *tieren* vermutet Rapp *zieren*, aber trotzdem ist der Vers nicht klar. — 44. 18: *verwirckt* C. (so immer), vgl. 102. 14. — 45, 5 l. *smaragden* cf. 66. 28. — 45, 23 l. *Und von* AB. — 45, 25 l. *vîn* ABC. — 46. 7: vgl. oben S. 9. — 46, 11 l. *tugenthaften* BC. — 47, 17 l. *sorgen überlast* AB., vgl. 103, 33. — 48, 25: *erlassen* A. *erlassend* B. (öfter). — 48, 31: *wollent* C. *welt* B. — 49. 2 l. *für warheit* AB., vgl. 50. 26 u. ö. — 49, 23: *nyme* B., vgl. 7, 17. — 49, 25 l. *vorkêren* C., vgl. 54. 6. — 50, 30: *buoben* hat auch B. — 51, 22 l. *mir* ABC. — 52, 11 l. *hocken* B. — 53, 4 l. *Als* ABC. — 53, 30 ist schon von Keller corrigiert, vgl. 48. 32. — 54, 16 l. *gerêt* AB. — 54. 24 l. *versortenü* C. — 54, 25 ? *fuor (vor* C. *fuer* B. — 54. 28 l. *er ir* BC. *(jn* A.) — 55, 21 vgl. zu 31, 5. — 55, 27 l. *es* ABC. — 56. 9): *lût* collektiv oft im els. Parzival. — 56, 29 *nit* BC. — 57, 19 *nummer* C. *nümermer* B. — 57, 21 l. *leben hette* AB. (*hett* A.). — 58, 6 l. *untat*, vgl. 61, 27. —

58, 26 l. *wiben* ABC. — 58, 30 l. *w. sie f.* AB. — 59, 5 l. *untat*, vgl. 61, 27 (*vntct* B. *vndat* A.). — 60, 1: *mummerme* BC. — 60. 19 ? *Und ror s. z.* 30, 33. — 63, 22 ? *fruot.* — 63. 27 ? *dich r.* Keller. — 63, 29: *dich* ABC. — 63, 30 ? *mit R.* Keller. — 64. 19: *vernufft* A. *vernuft* C. — 64, 20: *kunst* AB. *konst* C. (Keller vermutet v. 19 *vernunst*. Das bessert aber die Stelle nicht, vielmehr erwartet man im zweiten Verse *kunt*). — 64, 27: *mer me* AC [*nier*] *nie mer* B. — 65. 19: *da ich* AB. — 65. 30. l. *edel*, vgl. 81, 1. — 67, 2 l. *richem* AB., vgl. 82, 1. — 67, 11 l. *nim* BC. *nym* A. — 67. 19: l. *zuo.* — 67, 27: *die z.* B. — 68, 2 l. *grus* (*grüsz* BC.) — 68, 8: nach *craft* ist ein Komma zu setzen. — 68. 19 l. *pfuntgemunt*, vgl 98. 16. — 68, 24 l. *hordes* AB. — 69, 3 l. *nement* A. — 69, 10 l. *F., lieb* — 70, 16: Die Wörter *schulpen* und *gemürr* sind bis jetzt noch nicht befriedigend erklärt. — 71, 23 ? *willkomen* (C. schreibt meist *wolkomen* oder *wulkomen*). — 72, 3 l. *min* B. *myn* A. — 72. 12 l. *geschloffen* A. — 72. 13 l. *luwe* BC., vgl. oben 33. 17. — 72, 20 l. *Serwen* C. (*sweren* A. *schweren* B.) — 72, 29 l. *würezelsaf* C. — 72. 30 l. *kaf* C. — 73, 20 l. *wirdig* C., vgl. 108. 16. 127. 18. — 74, 3: *Edel G:* B. — 74, 14 l. *Gein ir* C. — 74. 23 l. *satzes* C. — 74, 26 l. *des* AC. — 75. 31 l. *schon* C. — 76, 10 *gedang* AB. — 77. 18 l. *strumen* (*strommen* C.), vgl. 67. 18. 105. 25. Die Bedeutung ist „irre werden", wie die Vergleichung der Stellen zeigt. Auch im els. Parzival begegnet *verstrumet* 199, 2. 397, 46. — 78, 1: *gequerch* C. aber 2.10 *gezwerch*. — 78, 7: Die Conjectur von Holland ist ganz unnötig; das *sin* bezieht sich auf *vermacht*. — 78. 26: *querch* C. — 79. 26: Rapps Vorschlag: *Stand* ist uns unverständlich. — 79. 26: *andersit* C. — 80. 17 l. *geloben* AB. (*glauben* C.) — 81, 1: vgl. 65, 30. — 81, 21: *querch nan* C. — 81, 25: Die „*stange*" als Aufbewahrungsort für Kleider begegnet öfter. — 83, 28 l *dir werde* (*dir werd* AC.) — 84, 4: *ken* B. *kon* C. — 84, 6: *lerstu* C. — 84, 28 l. *Joches* AB, *Jochs* C. — 84, 32 l. *beissen* AC. — 85, 10: *das ist* C. — 85, 14: [*nem*] *niem leichen* B. — 85. 18 ? *Zwei V.* Rapp. — 85, 19: *lircken* C. — 85, 24 l. *löz* C., vgl. 29, 1. — 85, 30: *daz ist* C. — 85. 32: *a. vil wol* C. — 86. 9: *edel* AB. — 86, 14: *querch* C. — 86. 25 l. *Wie* C. — 86. 26: *Darzu* C. — 88, 5: *querch* C. — 88, 16: *p. sonder ror* C. — 88, 19 l. *End* C. — 88, 21 l. *geim summer* C. — 88, 23 l. *des sinen* AC. — 89, 9: *rümen* B. — 89, 10: *basiinnen* B. — 90, 9: *flasz* B. — 90, 12 s. S. 43. — 90, 26 l. *nüt: betüt*, vgl. 107, 7 (*betut* B.) — 91. 21 ? *Het er all das sin geschicht.* — 91, 27 l. *manigem* C. (*menigem* B. *mangem* A). *fim* B.; l. *edeln g.* AC. — 92, 28. l *trügner* B. — 92, 29 l. *das wer mir mer* B. (*wer mer* C.). — 92, 30 l. *wurd*

ABC. — 93, 1 l. *muotes lust*, vgl. 27, 22. — 93, 4 l. *fürginge* (: *ringe*). *furging* A. *fürging* B. *ferging* C. — 93. 19 l. *eim* ABC. — 93, 22: *sie sy* C. — 93, 25: *vnstette* C. — 93. 26 l. *Wann sie niergent* C. (AB. vermeiden auch sonst *niergent*) ? *swind: vind.* — 94, 2 l. *von* ABC. — 94. 9 l. *von vnart* BC. (*vnrat* A.). Die Conjectur Kellers ist ganz unnötig, dazu giebt sie auch keinen Sinn. — 94, 13 ? *anhelfe.* — 94. 15 l. *verlåzenheit* (C. schreibt oft *s* für *z*). — 95, 3: *weltgemein* steht auch 23. 1. — 95, 4 l. *an ein* AC. — 95, 19 l. *Wer ist der der* BC. — 96, 2 ? *Zu in.* — 96, 10 l. *alsus worden* C., vgl. 76. 26. — 97, 7 l. *do lep* C. — 97, 11: *Ob du* ABC. — 97. 13: *sij fri* C. Die Lesart von A. zu V. 12 ist nur als Besserungsversuch der Stelle zu betrachten, trifft aber ungefähr das richtige, denn die Lesarten von V. 11. 13 zeigen, dass ein Verbum in V. 12 ausgefallen ist. — 97. 22 l. *vor* AC., vgl. 124, 15: *güfte: in lufte* C. — 97, 32: *allu* C. — 98, 16 l. *ist pfuntgemunt st.* B. (*ist gemündt st.* A.), vgl. 68. 19. — 98. 23: *luterbach* AC. — 98. 31 l. *Wondersachen den* C., vgl 34. 1. 54. 11. — 100. 31: *dich* C. — 101. 17: *zwolffer hand* C. — 101. 27: *der git* C. — 101. 32 l. *s. git* AC. — 102, 3 l. *mit t.* AC. — 102. 7 l. *crisoltus* AB., *crisoleus* C. — 102, 27: *Alsus* C. — 103. 9 l. *müse* C., *müss* B. — 103, 15: *wissent* C. — 103, 23: *Du nü schauw* C. — 104. 9 l. *Er* C. — 104. 16 l. *geloben* BA. (*gelouben* C.) (Nachsatz v. 19). — 104. 26 l. *edeln* BC. — 105. 25 l. *strummen* C., vgl. 77, 18. — 106. 12 l. *der s.* AC. — 106. 20: *golt* C. — 106, 25 ? *neie.* — 106. 27: *Wo wertu* C. — 108. 2 a. *die* AC. — 108. 33 l. *reissung* AB., *reisung* C. — 109, 5 l. *richem* AC. — 109. 8: Hollands Änderung ist unnötig. - 109. 27 l. *uch* B. — 111, 9 l. *wenck* ABC. — 112. 24 l. *höchster* B., *hohster* C., vgl. 93. 13. 115, 19. — 113. 22 l. *h. gewalt* BC. — 114, 1: Die Stelle ist wohl verdorben, die Conjectur Kellers bessert sie jedoch nicht. — 114. 25: Der Vers ist nicht ganz klar. Wahrscheinlich ist *an* zu *sich* zu ziehen und der Accusativ *mich* durch Attraktion zu erklären. — 114. 27 ? *dich umbtaete*: nach dem Verse wäre dann nicht zu interpungieren. — 115. 2 l. *sprech* BC. — 115, 5: *minn* ist das Reimwort. — 115. 7: Der Vers ist nicht verständlich. — 115. 11: *Dut mich* C. — 115, 21: *an* gehört wohl wie 114. 25 zum Verbum. — Über *Heilanblich* ist oben gehandelt: C. hat *sonder belib.* — 115. 26: *muot: schluot* C., *sluot: muot* B., *fluot: sluot* A. — 118. 14: *ye vmer* AB. — 120. 5 l. *was er hafft* B. — 121. 6: *rom* C. — 121, 9 l. *fiurin, furju* A., *für in* B. *vor jn* C. — 121. 22 ? *Erluoget.* — 122. 11: *zeimet* C. — 124. 29 l. *üvern* BA. 125. 2 l. *heiles* C. — 125. 18 ? *heis* (= unvollkommen), *keiss* B. *kei:* A. *keinz* C. — 125. 25 ? *herze.* 125. 29 l. *bedacht* C., vgl. 36. 24. — 126. 27 l. *erzogen* ABC.

6. Die Sprache der Gedichte.

Die folgende Darstellung der Sprache Altswerts will die Eigentümlichkeiten seines Dialekts in den Grundzügen feststellen. Für die Laut- und Formenlehre ist aus oben angegebenem Grunde fast lediglich der Reim für uns massgebend gewesen. K. Weinhold in seiner alemannischen Grammatik (Berlin 1863) citiert vielfach Formen aus A. nach einzelnen Hss., welche an und für sich wohl elsässisch vorkommen können, die aber nach dem oben dargelegten Verhältnisse der Hss. gar keine Gewähr haben als vom Dichter wirklich gebrauchte. Wir haben ausserhalb des Reimes stehende Formen ausnahmsweise angeführt, aber nur dann, wenn die Überlieferung ziemlich sicher erschien. Wie viel der Verfasser Weinholds alem. Gramm. und mhd. Gramm. verdankt, wird man leicht erkennen; die dort gewählte Anordnung ist jedoch vielfach verlassen, weil bei den Abweichungen der Hss. eine Anordnung nach den von ihnen gebotenen Lauten nicht immer thunlich war; wo es nöthig schien, sind die entsprechenden §§ bei Weinhold citiert.

Lautlehre.

A. Die Vokale.

Über die Quantität der Vokale ist zu bemerken, dass die mhd. Dehnung bereits eingetreten ist. Das beweisen zahlreiche Reime wie *hër* : *maer(e)* 14, 10, 35, 20 : *waer(e)* 17, 19, 124, 19; *wërt*: *unerfaert* 51, 20, 99, 14 : *geclaert* 103, 28; *hol*: *lastermâl* 59, 13; *vor*: *zwâr* 126, 25; *dir*: *saffîr* 44, 18; *zwîg*: *sîg* : *sig* 8, 31; für Dehnung des Vokals in offener Silbe beweist *spaehen* : *sëhen* 123, 3; *verstol(e)n* : *furhol(e)n* 58, 3 in dreimal gehobenem Verse. Dagegen reimt nie -*orn*: -*ôren* oder -*âren* (wie z. B. im 15. Jahrh. Kunz Kistener jakobsbr. 88 *wâren*: *geboren*), ebensowenig -*ern*: -*ëren*, -*ërn*: -*aeren* (92, 28 ist zu ändern). — Kürzung ursprünglich langer Vocale tritt ein vor Doppelconsonanz. So wird *ie* zu *i*, *uo* zu *u* in *ging*, *stund*. Ebenso werden die Reime *hânt*: *lant*, *friunt*: *künd*, *künden* : *friunden*, *saelden*: *melden*, *gemacht*: *volbrâcht* zu erklären sein. Die Belege s. u. unter den einzelnen Vokalen.

a, â.

Der elsässische Dialekt hat die Verdumpfung des â zu ô am consequentesten vollzogen, sodass vom 14. Jahrhundert an in vielen elsässischen Quellen fast ausschliesslich o für â geschrieben ist. Diese Schreibung bietet unter unseren Handschriften nur C. häufig. bei AB. findet vielfach das Gegenteil statt: sie haben a für mhd. ô. vielleicht nur durch Misverständnis bei der Umschreibung aus dem els. Dialekt, so *laz* statt *lôz* 85. 24; B. bietet oft auch *au* und *ä* (= *au*). Der Übergang des â in ô tritt in unsern Gedichten hervor in der Seltenheit unreiner Reime zwischen ursprünglichem *a* und *â*. die sonst in gleichzeitigen schwäb. und alem. Quellen. wo sie in ihrer Qualität nicht so weit von einander abstehen, sehr häufig auf einander reimen. So werden durch den Reim scharf geschieden *har* (= *hër*) und *hâr*; *har*: *war* K. 21. 15. TS. 92, 24. 95. 17. — *hâr*: *wâr* TS. 42, 18 : *clâr* K. 24. 10. Unreine Reime begegnen nur *clâr*: *war* K. 16. 22. *dar: offenbâr* K. 39, 30; *har : sunderbâr* K. 23. 27; (durch Annahme der Lesart von A. oder B. kann leicht der reine Reim hergestellt werden); gegenüber der grossen Zahl von reinen Reimen fallen diese wenigen Ausnahmen nicht ins Gewicht.

Vor *n* (wo Dehnung und Verdumpfung des Vocals anzunehmen ist. weil â vor *n* auch auf ô reimt) reimen *a*: â unbedenklich z. B. *kan: gân* 6, 26. 118. 31. 125, 19 : *stân* 99, 26 : *lân* 63. 25; *began: wân* 32. 14. aber auch *wön: schôn* 20, 4. Vor Doppelkonsonanz ist ursprüngliches â gekürzt (oder nicht zu ô geworden. denn es reimt hier nie auf ô): *hânt: lant* 17. 17. 57. 16. 90. 24. 96. 33 : *bekant* 83. 10. 119, 18 : *gewant* 86. 20; *gemacht: volbrâcht* 21. 14; *zuobrâcht* 80. 2 u. ö. *hâsl: überlast* 103. 32. Einmal erscheint auch *hat* (: *stat*) 2. 25, sonst immer *hât*.

Mangel des Umlauts zeigt *trâge: frâge* 57, 5: *wâge* 4, 12. *a* für *e* erscheint in *Oriant* (: *genant*) 65, 31. 81. 2; *Orient* (: *Occident*) steht 45. 9; ferner in *parillen* 102. 1 (ebenso Hugo v. Montfort vgl. Wackernell S. CLI).

a wechselt mit *e* in *hâr, dar* (s. u.).

ë, e, ae, ê.

Schreibung für diese vier Laute ist durchgängig *e*. Aber die Reime zeigen die Verschiedenheit der Qualität, indem ursprünglich *ë* und *ae* wohl untereinander, aber nie mit *e* reimen. welches. wie spätere Schreibung zeigt, im els. dem *ö* zuneigte: *ê* reimt nur mit *ê*. Beispiele:

hër: mer 13. 33. 63. 27: wer 18, 2;
hër: maer 14. 10. 35. 20: bër 15 ' 21: waer 17. 20. 124, 20

: metzgaer 54, 29; bildnaer: gër: wër 9. 10; laer: wunderaer 75, 6: waer 26, 16;
lêre: êre 82, 29. 28, 18.
wert: beschert 40, 25 : erfert 28, 25;
wërt: swërt 7, 3. 64, 1 : geclaert 103, 28 : hërt 103, 6 : gërt 7, 8. 45, 14. 100, 30 : begërt 35, 26. 95, 25. 126, 23: unerfaert 51, 20. 99, 15.
ernern: verzern 79, 21.
gewërn: enbërn 10, 3: begërn 73, 34; gërn: stërn 73, 22.
gêrn: kêrn 23, 19, mêren: kêren 118, 27; êren: kêren 109, 7.

ē wechselt mit a in hër (s. o.) har: war 92, 25. 95, 18: spar 23, 28 — dër: wundermaer 21, 27; dar: bar 21, 23 u. ö.; — ausserhalb des Reimes steht dër 28, 19 und 30, 30.

ae für ie hat das Fremdwort betzelaer (: waer) 55, 18, wenn Lexers Erklärung richtig ist; in geringschätziger Bedeutung begegnet betschelier sonst nirgends.

In den Verben auf -ieren schreibt C. sehr oft nach mhd. Brauch -eren, so gezeret 121, 3; doch fehlt ein beweisender Reim.

e für o: katzedenigen: menigen 46, 7 vergl. oben S. 9.

Ausfall von unbetontem e kann in allen Fällen stattfinden, doch ist er nach langem Vokal seltener. Im Auslaut ist das e besonders durch Verbindung von liquida und muta vor dem Abfall geschützt. Auch die Endung -êre behält das auslautende e in der Regel, dagegen hat -aere das e in allen Fällen verloren. Von zwei unbetonten e in den Endsilben wird gewöhnlich das letztere abgeworfen er lebet(e): strebet(e) 37, 32; wandel (acc.): handel (conj.) 50, 11. In der 3. Sg. Prs. sind die längeren Formen zahlreicher als die syncopierten.

i.

i für ie steht nur vor ng: fürginge: ringe 93, 4; ging: urspring 76, 3; ving: ding 120, 8 (ebenso auch im els. Parzival).

Häufig steht es für mhd. ë: sig (= sëch) 8, 33. 117. 6: widersprich (: lieplich) 112, 22 (: zertlich) 74, 3; (Weinhold (A. G. 115) nimmt i für ü im letztern Beispiele an, wie mir scheint mit Unrecht, denn C. bietet 74, 3 keinen w.; auch wäre es in den 4 Gedichten der einzige Beleg;) verlirkt (: verwirkt) 102, 14 (BC.).

Nur i findet sich als Bindevokal bei den Adjectiven mit dem Suffix -ga, wirdig (: blig) 110, 19 lustig (: sig) 117. 5.

In einigen Wörtern wechseln i und ë: begër: wër 6. 6; ger: wër 1, 9; begir: mir 19, 21; gir: mir 24, 15 u. ö.: gërde : pfërde 16, 15; girde : wirde 71, 22. 85, 17.

ie.

Häufig steht, besonders in AB., *ie* für *ë*, so finden sich viele Verwechslungen von *nemen* und *nieman*. Wie es scheint hatte schon die gemeinsame Vorlage der 3 Hss. diese Eigentümlichkeit. denn 69. 3 ist wohl *nëment* zu lesen, wo B. *niement*, C. *meinent* bieten.

o.

o für *ë* begegnet in *schol* (: *vol*) 53, 26; wahrscheinlich ist auch 117. 21 *loschest: troschest* zu schreiben. Innerhalb des Verses begegnet : *wolf* häufiger.
Ob die von BC. häufiger gebotene Endung -*lon* (auch -*lun*) der Deminutive dem Original entstammt, ist sehr zweifelhaft, da beide Hss. sie nie zugleich haben; im Reime steht nur -*lîn*.
Mit kurzem *o* ist ist auch wohl anzusetzen *hol* : *wol* 59. 26. 120, 33; daneben steht in gleicher Bedeutung *hael* : *rael* 109. 16 : *pfael* 91. 31.

ô

Im Reime wird *ô* mit *â* sehr häufig gebunden: *frô*: *lâ* 118, 24; *nâch*: *zôch* 35, 13; *quâl*: *gôl* 72, 19; *lôn*: *stân* 31. 18; *môr*: *zwâr* 43. 21; *mâz*: *grôz* 94, 19 u. s. w.
Der Umlaut fehlt in dem Adjectiv *schôn*: *crôn* 38, 10. 80. 13. 82. 2; und in dem Plural *tône*: *schône* (adv.) 76. 13.
ô für *ou* in *lôg*: *betrôg* bieten 78, 23 alle Hss.

ou.

Der Diphthong steht in *louwe* : *frouwe* 97. 19 — *drouwen* : *jungfrouwen* 85, 6 : *frouwen* 30, 23 — *erfrouwen* : *schouwen* 3. 25. 41, 32. 87, 33 — *sich frouwen* : *schouwen* 23. 30. 26. 1. 38. 31.

u.

Umlautlosigkeit ist häufig: *bucken*: *gucken* 52, 27; *smucken*: *brucken* 90, 18; *klucken*: *rucken* 90, 20; *verdrucken*: *brucken* 94. 11; *smucken*: *tucken* 70, 24 — *kunde* (conj.): *grunde* 96, 16. 92. 12. 105. 18 : *munde* 85, 1 : *gunde* 126, 33 — *gunde*: *grunde* 80. 19 : *munde* 72, 7 — *u* statt *uo* steht vor *nt*: *stunt*: *kunt* 74, 28: möglicherweise auch in dem Worte *suoz*; *kuss*: *suz* 28. 9; *crûs*: *suz* 25, 7. Im ersteren Beispiele könnte jedoch auch das häufige Flickwort *sus* angenommen werden, vgl. z. B. Heinzelein v. Konstanz, Minnelehre 2503. 2517; im zweiten bieten AB. *sus a sus*, was Imperativ zu *sûsen* sein könnte, der öfter als Ausruf gebraucht wird.

iu.

Aus *iu* gekürzt erscheint es vor *nd* in *friund* : *künd* 100, 4; *friunden* : *künden* 103, 13.

Für *i* steht es in *bürnen* 12. 10 AB. 125. 13 C., sonst ist in allen Hss. stets *brinnen* gebraucht (*ich brinn: sinn* 115. 6). Das els. *nüt* begegnet zweimal im Reime 90, 26. 107. 8 (: *betüt*), sonst steht immer *nicht*, nur einmal *niet* (: *gebiet*) 56. 29: auch sonst haben die Hss. oft *ü* oder *u* statt *i* unter Einfluss von *w*. so *würst, wülkomen* u. s. w.; es lässt sich aber nicht feststellen, wie weit das dem Dichter gehört.

Die Vorsilbe *rer-* ist sehr oft in BC. nach els. Brauch *für-* geschrieben.

û, iu.

Eine besondere Eigentümlichkeit des els. Dialekts, der Übergang des *û* in *ü* (s. Alemannia IV, 255; Frommanns Zeitschrift „Die deutschen Mundarten" VII. 305) wird durch einen Reim sicher belegt: *safiren: trûren* 101. 30. — *iu* und *û* reimen: *verliurt: trûrt* 111, 21. Ein Reim *û: uo* kommt nicht vor, denn statt *ruowe* ist das meist nur von C. gebotene *luwe* zu schreiben: *trûwen: lûwen*[1]) 33, 17: *triuwe: lûwe* 72. 13: *triuwe: lûwe: bûwe; rûwe* 114, 28 — und statt *gruoz* 68, 2 ist *grûs* zu lesen.

Das Wort *verlür* ist wohl mit langem *iu* anzusetzen, denn die Reime mit *ü* und *iu* sind mit Ausnahme dieses Wortes scharf getrennt. Es reimen *für: tür* 78, 8; *kür* 99, 19; *spür* 112, 14. 114, 15. 126, 22; *spür: tür* 6, 18 — *minnefiur: stiur: verliur* 8, 28; *fiur: verliur* 125. 16: *stiur: fiur* 126, 1. 112, 7; *creatiur* 96, 19; *fiur: tiur* 38, 18 : *gehiur* 34, 4; *aventiure: gehiure* 30, 16.

ü ist in BC. meist geschrieben in dem Pronomen *sü*, auch im Accusativ; ebenso im els. Parzival.

Als Endung des Adjetivs begegnet *ü* im Nom. Sg. fem. und im Neutr. Plur. nur noch in C. einigemale, z. B. *allü ding* 97, 32. 119, 28.

uo.

Ohne Umlaut erscheint *fuoz* (pl.): *gruoz* 122, 29.

B. Die Konsonanten.

n. m.

n für *m* steht in Vergleich mit andern alem. Denkmälern selten und nur in Wörtern, die im ganzen alem. Sprachgebiete diesen Wandel vollzogen haben. Im auslaut: *hein : stein*

---

[1]) Die Wörter sind sonst nicht belegt. In einigen Gegenden der Schweiz findet sich *leuen*. vgl. Stalder, Versuch eines schweizerischen Idiotikon. Basel u. Arau 1806—12 II, 169. — In einer Schweizer Chronica von 1733 heisst es Alemannia IV, 152 f.: Man redt und schreibt noch etwann alte Teutsche, Celtische, und alt Fränkische Wörter *leuen heisst ruhen*; — *luwen* verhält sich also wohl zu *leuen*, wie etwa *giuden* zu *göuden*.

66, 27: *ruon* (: *tuon*) 56. 25: *sran* (: *man*) 17. 3. welches Wort auch schweizerisch in der Bedeutung „Felsspalt" sich von *schram* scheidet. — Vor *t*: *alsant* (: *genant*) 99. 10. Sonst sind beide Laute getrennt, und *m* reimt nur auf anderes *m*: *gram* : *zam* 6, 32: *kam* : *vernam* 77. 11: *nam* 95. 11. 103. 18. 106. 3 : *stam* 72. 31: *sam* : *stam* : *gram* 69. 4: *nam* : *glam* 16, 8: *im* : *grim* 80. 6.

Ausgefallen ist *n* vor *s*-laut in *eiz* (: *kreiz*) 97. 10. *greselis* (: *meienris*) 89. 17. *schelklis* (: *fliz*) 90. 2. vgl. A. G. 200.

Zwei durch unbetontes *e* getrennte *n* werden meist unter Ausstossung des Vocals vereinfacht: *clein* : *kein(en)* 113. 20. *mein* : *clein(en)* 93. 2. Durch diesen lautlichen Vorgang ist auch wohl der Reim *besinn(e)t* : *minn(e)nt* 31. 24 zu erklären. — Sehr häufig ist dieser Ausfall im Innern des Verses, jedoch wohl nicht immer mit Recht: *dient* (=*dienent*) 81. 9. 12: *mîn* (= *minen*) 81. 10 u. ö. *went* (= *wenent*) 58. 11.

r.

r statt *s* hat *verlürt* : *trurt* 111. 21. — Ausgefallen ist *r* in *welt* (: *gelt*) 107. 5 u. ö. — Abfall hat stattgefunden in *hie* (: *nie*) 19. 7 u. ö. *hier* begegnet nicht. — Ebenso braucht Altswert nur *mê* (: *wê* 60. 1 : *ê* 92. 2 : *sê* 40. 5 : *aldê* 9, 19). — Die Umstellung des *r* (A. G. 197) findet sich in allen Hss. 19. 29 C: *bornen*: 16. 21 A: *burn*. B: *bürnen* u. ö. *welre* findet sich oft, aber nur in C. (z. B. 77. 17).

b. p. pf, f. w.

b für *p* begegnet in BC. selten. z. B. *brîsz* 44. 29 B.: *balast* 25. 14 C.; in A. ist diese Schreibung Regel; man vergleiche darüber das unten zu *d*, *t* bemerkte.

b fällt aus (nicht im Reime) in *gent* für *gebent*, z. B. 109. 28 und in *gît* 3. 21 u. ö.

Von *haben* sind, wenn es als Hülfsverb steht, nur die contrahirten Formen in Gebrauch, wie die Reime zeigen. AB. schreiben fast immer die längern Formen.

pf für *f* findet sich in dem Fremdwort *pfuntgemünt* 68. 19. 98. 16; die Lesart von C. an letzterer Stelle beweist diese Form auch für ihre Vorlage: sie scheint speciell elsässisch zu sein, vgl. die Belege bei Lexer.

f für *pf* in *kaf* 72, 30 C. (: *wuerczelsaf*), auch wohl 171, 8, wo zwar alle Hss. *kraft* lesen, welches keinen guten Sinn giebt; auch hier schreibt C. im vorigen Verse *saf*.

w fällt im Auslaut ab, z. B. *val* (: *überal*) 124, 2; *ruo* (: *tuo* : *fruo*) 8. 22 (: *tuo*) 102, 18; *loupfar* (: *war*) 39, 22. Ausserhalb des Reimes : *gel* 42. 12 C. 39, 22 A.

g, c, ch, h.

In elsässischen Quellen ist *g* im Auslaute für mhd. *c* sehr häufig. Spuren dieser Schreibung finden sich in B. (z. B. *wang* 12, 14; *blig : rig : strig* 9, 7 ff.) und namentlich in C. (z. B. *lang : krang* 122, 25. 26; *gedang* 12, 15; *erschrag* 37, 13; *erschrig* 37, 14): auch im Inlaut hat es C. vor *t: trugt* 27, 23; *getrügt* 28, 10 (vgl. A. G. 214). Diese Schreibung bezeichnet jedenfalls eine dem *ch* ähnliche Aussprache dieses Lautes; denn bei dieser Annahme lassen sich einige Stellen erklären, die sonst unverständlich sind, indem man eine Vertauschung von *g* und *ch* annimmt, die bei ungefähr gleicher Aussprache leicht erfolgen konnte (vgl. 25. 15 *gemche* C., *genige* B., *genig* A.). So lesen wir, abweichend von der handschriftlichen Überlieferung:

115, 21 *rich : strich : heilanblig : wich.* — 110. 19 *wirdig : blig.* — 117. 6 *lustig : sich* (= sehen, vgl. 117, 8 C. *kaf* in demselben Sinne; *sig* giebt keinen passenden Sinn.

Vielleicht ist *hindersich*, welches zweimal (69, 17. 76, 16) nur als Substantiv vorkommt, ebenfalls = *hindersehen*, wie *widersprich* 112, 22. 74, 3 (in C. Masculinum) = *widersprechen*, gebildet wie *wich, spar, verlür*.

8, 31 *zwig : sig : sich.* — 68, 16 *ich : sig* (vgl. 67, 29) *: widersprich*.

Ausser bei diesen Wörtern, welche sämtlich den Vocal *i* vor dem Auslaut zeigen, sind auslautendes *ch* und *g* (= mhd. *c*.) nicht im Reime gebunden. So reimen *tach : brach* 19, 26 *: gesach* 92, 5 *: such* 123, 20; *dach : bach* 98, 22, aber *tag : slag : lag* 67, 3 *: erschrag* 104. 7 u. s. w.

Ausfall des *g* unter Contraction der Silbe tritt regelmässig ein in den Endungen *-aget, -eget, -eiget, -iget : seit /saget/* 115, 18, *geseit; leit* 1, 22, *durchleit, überleit, treit; seit / seiget/ : vollkomenheit* 117. 10; *lit : quit* 47, 19 *: zit* 40, 3. 62, 3. 71, 30 u. ö.

Ferner in *gein* für *gegen*, nicht im Reim: in *gôl* für *gôgel* (: *quâl*) 72, 20. Endlich im Adv. *morn* im Reime 49, 15, wogegen das Subst. *morgen* (: *sorgen* 12, 20) lautet.

g für *j* hat *gensît* 60, 3, wie gewöhnlich in els. Denkmälern.

h und *ch* reimen im Auslaut und vor *t : sach : sprach* 90, 30. 123, 12. 25; *mich : sich* (imper.): *sprich* 67, 21: *ungemacht : slaht* 40, 14 u. ö. Im Inlaute sind beide geschieden: *stechen : brechen* 64, 5 — *brehen : geschehen* 75, 16. — Auslautendes *h* hat, besonders im els. Dialekt, die Neigung, ganz zu verklingen; ein beweisender Reim hierfür ist *frô : höh* 64, 9. Sonst ist immer *ch* geschrieben: *hôch : zôch* 14, 22. 36. 6. 14: *nâch* 53, 17, 77. 27.

d. t.

Im Auslaut bietet die Hs. A. durchgängig die media; Formen wie dun, dugent, drurn, druwe, dot, drost, dag, dragen sind fast ohne Schwankungen durchgeführt. Viele els. Schriftstücke bieten dieselbe Orthographie, dass es aber nicht Schreibung des Dichters ist, zeigt 84, 19. 32, wo T als Anfangsbuchstabe von trost und truwe von allen Hss. angegeben wird. In BC ist die Tenuis in genannten u. a. Worten Regel, doch finden sich auch manche Abweichungen, namentlich in C., welche es wahrscheinlich machen, dass schon im Original ein Schwanken herrschte, was ja bei einem els. Schriftsteller nichts auffallendes wäre.

Reime zwischen d und t (A. G. 180) kommen nicht vor, nur in einem Beispiele hat nach n Erweichung des t zu d stattgefunden: erkande (: lande) 106. 32. Dagegen kante : nante 21, 17. Auch die im Elsass sonst so beliebte Form sate mit unverschobenem t ist nicht belegt durch unsere Hss.: es findet sich nur zweimal sat₂t 18. 2, satzten 16, 2 im Verse. — t : tt reimt, z. B. bitten : siten 2, 19: 46, 11.

Antritt von t zeigen nur adamast (: fast) 66, 18 (: gast) 43. 27. 112, 29 u. s. w.   palast (: brast 101, 28 (: glast) 40. 28. 47, 2 u. ö. — Dagegen sagt A. alsus (: tugpasjus) 42, 12 (: crisolitus) 39, 21. 102, 6. — sus (: tugpasjus) 113, 4 — nieman (: an) 15. 6 (: gân) 95, 21 u. ö. Bei iergen, miergen ist es zweifelhaft. (97. 5 haben alle Hss. iergent.)

Ausfall von d und t nebst dem darauf folgenden e findet meist statt vor folgendem t. z. B. gere(de)t 54, 16; rettent 92, 22; geschicht(et) (: nicht) 125. 14; gestalt(et) (: manigvalt) 4. 2; tot(et) : rot(et) 106, 13 AB.: geleist (: weist) 54. 1; kost(et)en 92, 1; clei(de)t : gemeit 29, 15. Die längere Form kommt selten vor: flichtet 51, 12; vollendet : wendet 32, 6; pristet 52. 21 : cleidet 86, 20.

z. s.

z und s sind im Auslaut zusammengefallen: daz : gras 74, 16. 90, 6; flîz : lopris 98, 18; weis : kreiz 96, 1; flîz : wîs 27, 26. Auch im Inlaut schreibt C. besonders häufig s statt z, aber mit Unrecht, denn die Reime beweisen dagegen: rîsent : grîsent, 70, 7 aber rîzent : glîzent 71, 15; 90, 12 ist daher jedenfalls unrichtig überliefert.[1]

---

[1] 90, 13 wird das von BC gebotene hizen richtig sein, ob aber im vorhergehenden Verse müxen oder rüxen zu lesen ist, ist nicht sicher. Die Lesart von C. verdient wohl den Vorzug, denn das fast in ganz Deutschland bekannte und oft erwähnte Spiel der blinden miuse konnte leicht von einem unsorgsamen Schreiber an Stelle eines ähnlich aussehenden eingesetzt werden. AB. haben musen; dagegen wäre nicht einzusehen, wie aus müxen rüssen werden könnte, wie C. hat. Für rüxen liesse sich ein Spiel des 15. Jahrh. vergleichen. Kaisersperg kennt ein Spiel „der offenen rauss", wo offen dem blind entspräche; allerdings ist das genannte ein Kartenspiel.

Flexion.

I. Conjugation.

A. Formbildung.

a. Ablautende Zeitwörter.

Der Ablaut folgt im allgemeinen nach dem mhd. Gesetz mit doppelter Gliederung im Präteritum. Die folgende Aufzählung schliesst sich an Weinholds A. G. an. Es sind dabei selbstverständlich nur solche Erscheinungen berücksichtigt, die entweder vom mhd. oder vom nhd. Sprachgebrauch abweichen.

A G. § 331. a. Im Sing. des Ind. Präs. begegnet durchweg *i*: *ich sich* 15. 5: *ich gib* 66, 20. 68, 14.

b. Dasselbe findet auch bei dieser Klasse statt: *ich sprich* (: *adelich*) 106. 30 — aber im Conj. *sprech* 115. 2 BC., nicht *sprich*, wie in Kellers Ausgabe, vgl. *rech* : *gesprech* 92, 27 — *sie richt* (: *bricht*) 102. 22.

Das Prät. hat im Sing. die alte Kürze noch bewahrt; *nam* (: *glam*) 16. 8 ist von *nam* = *name* unterschieden, letzteres reimt nur: *scham*. Ebenso *kam* (: *nam* prt.) 95. 12. 103, 19. 106, 4 (: *stam*) 99. 23 (: *gram*) 13. 15.

Übertritt in die folgende Klasse zeigt *fuhten* 18. 3; wenigstens bieten alle 3 Hss. diese Form.

Schwache Form zeigen *loschest* : *troschest* 117, 21.

c. Im Sing. Präs. Ind. begegnet auch hier nur *i* : *ich wirde* 9. 3: *befilhe* 66. 22: *schill* (: *mill*) 61, 15; *kirret* (: *verirret*) 94. 18: *ich brinn* (: *sinn*) 115, 6.

Im Prät. Sing. *a* : *sprang* (: *balsamtrang*) 19. 33; im Plur. *u* : *sprungen* (: *jungen*) 87, 3; für den Conj. fehlt ein Reimbeleg: 14, 20 steht *erschul(le)*.

Das Verbum *beginnen* bildet sein Prät. einmal *began* (: *an*) 17, 13; sonst — ausserhalb des Reimes — steht immer *begunde*.

§ 332. Von *swërn* heisst das Part. Prät. *gesworn* (: *geborn*) 1. 6 u. ö.

stân bildet von dem nasalierten Stamme nur das Prät. *stunt* (: *kunt* 74. 28), den Imper. *stant* (47, 15) und das Part. Prät. Sonst herrscht die kürzere Form, und zwar im Reime nur Formen mit *â* (*ô*) (ausser 109, 19 *abgênt* : *stênt*, wo jedoch C. *a* bietet). Ausser dem Reime findet sich mit *e* in C. nur der Conj. *stee* 11, 4, AB. bieten Formen mit *e* häufig.

§ 333. Störung des Ablauts ist noch nicht vorhanden. Die Formen mit *î* und *i* reimen nicht auf einander. Inf. *becliben* : *wîben* 63. 8. Part. Prät. *becliben* : *geschriben* 33, 2. Prät. Sing. : *enschein* (: *stein*) 39, 15; *begreif* (: *schleif*) 76, 17; *schein* (: *granatstein*) 40. 9. Prät. Plur. (Reimbelege fehlen) sie *triben* 45. 4; *stigen* 25. 18. — Conj. Prät. *ritte* 17, 11. Übertritt in diese Klasse zeigt das Prät. *weis* (: *kreiz*) 96, 1, das Part. Prät. heisst aber *gewiset* 78. 16 in allen Hss.
§ 334. Der Wechsel zwischen *iu* und *ie* ist noch regelmässig vorhanden. So *ich zûch* 69, 18; *du schlüfst* 65, 3; *verlûrt* 111, 21. 125, 17; aber *riechend* 125, 27; *ich biet* (Conj.) 37, 16; *nic*: 44. 7; *fliehen* : *ziehen* 28, 20; *liegen* 54, 26. Im Prät. Sing. schreiben unsere Hss. nur *o*: *ich sôg* 27. 24; *lôg* : *betrôg* 78, 24. — Im Plur. steht noch *u*: *wir zugent* 15. 21. 17. 1: im Conj. *ü* : *büt* 60. 6 (*bütte* C.).

b. Reduplizierende Zeitwörter.

§ 336. Von *fâhen* begegnet die nasalierte Form nur im Prät.: *fing* (: *ding*) 120. 9 (: *ring*) 89, 20. (Die kurzen Präteritalformen *gie, hie. fie, lie* gebraucht A. nicht.) Sonst stehen nicht nasalierte Formen. *ich vâch* 50, 23. 111. 8. *er vâcht* 6. 19. *wir enphôhen* 50. 20 C., *vâhen* (Inf.) 6. 26. *vôchâ vôch* 17. 12 B.
Von *lâzen* werden lange und kurze Formen neben einander gebraucht. Inf. *lâzen* (: *verwâzen*) 63, 20; — *lân* : *kan* 63. 26. Imper. *lâz* (: *mâz*) 60, 27. 62, 3: *lâ* (: *frô*) 118. 24; (: *frô* : *jâ*) 67. 25. Plur. *lânt* 31. 7: *ich lân* (: *kan*) 57. 7; sie *lât* (: *gât*) 103. 4. Im Conj. Prät. ist nur die Form mit *z* gebraucht. *lâze* (: *strâze*) 15. 17; *lâzen* (: *mâzen*) 33. 4.
gân hat die nasalierte Form im Imperativ *gang* 105, 25 und im Prät. *ging* (: *urspring*) 76, 4; Conj. *ginge* (: *ringe*) 93, 4; Part. *gegangen* (: *belangen*) 22, 24. Sonst steht die kürzere Form: *ich gân* (: *getân*) 111, 2; *ufgât* (: *hât*) 119, 16. Was die Formen auf *e* anlangt, so finden sie sich nur in AB., C. dagegen schreibt überall *a*, z. B. 99. 19. 109. 19. Dass aber die Vorlage von C. Formen auf *e* hatte, beweist das Misverständnis des Schreibers *hâst gest* 113, 10.
Von *ruofen* begegnet 95, 32 ein schwaches Prät. in allen Hss.; im Reime kommt *rief* (: *tief*) 35, 19 vor, auch 18, 25 hat es C., wo AB. *rufft* schreiben.
§ 337. Das Verbum *scheiden* gehört noch zu den reduplizierenden Verben. *schied* 60, 3 (: *riet*) 81, 28 (B. hat schon *scheid*); Part. *bescheiden* (: *leiden*) 31, 20.
bûwen bildet sein Part. *gebûwen* (: *nûwen*) 14, 24. (: *truwen*) 20, 32.

Von den Präteritopräsentien ist als abweichende Form zu erwähnen der Imp. *gan* 69, 13 im Reime; dagegen ist aber zweimal *gunn* belegt 112, 11. 27.

c. Schwache Zeitwörter.

Wir haben hier nur von der Erscheinung des Rückumlauts zu sprechen. Im allgemeinen herrscht hier mhd. Regel. So steht *ungezelt* (: *uzerwelt*) 47, 8, daneben wie schon mhd. *erzalt* (: *gewalt*) 126, 8; *bedacht* 125, 29 C.; *gedacht* (: *gemacht*) 36, 24; *krât* 67, 3; *erlôst* : *trôst* u. s. w. Die umgelautete Form ist bei langsilbigen Verben selten: *vollendet* (: *wendet*) 32. 6; *gespert* (: *zert*) 121, 24; und mit Kürzung *geklaert* (: *wert*) 103, 29. Für *würken* ist schon die neuere Form *wirken* eingetreten: *verwirkt* : *verlirkt* 102, 14.

B. Flexions-Endungen.

Über die Flexions-Endungen können wir uns sehr kurz fassen, denn durch den Reim sind uns nur wenige Formen gesichert, weil, wo es irgend anging, Umschreibungen mit Hülfsverben verwendet sind.

Über Kürzung der Formen ist schon oben in der Lautlehre gehandelt, sodass wir hier nur abweichende Endungen zu besprechen haben.

Präsens Ind. 1. Sing. Die Endung *en* ist einige male von schwachen Verben aus Reimen zu belegen: *ich glichen* (: *wîchen*) 3. 18; *meinen* (: *reinen*) 11, 17. 19. 16; vielleicht auch *bescheiden* (: *weiden*) 79, 25.

Conj. 1. Sing. findet sich dieselbe Endung bei starken und schwachen Verben: *ich haben* 5, 2; *ich tragen* (: *beladen*) 5, 3; *ich strummen* 105, 25 C.

Conj. 3. Sing. endet auch einige male auf *en*: *sie halten* (: *spalten*) 6, 4 C.; *lâzen* (: *Mâzen*) 33, 5; *niem(an) leichen* (: *zeichen*) 85, 14 AB.; (*es*) *geschehen* (: *brehen*) 127, 8 C. Bei Weinhold finden wir diese Form nicht belegt, obwohl sie auch sonst vorkommt; auch im Pal. Germ. 313, Bl. 227 b steht: *ich wunsch das es got rechen* (: *zerbrechen* 3. Plur. Conj.) (sogar an das Prät. der schwachen Verben tritt das *n* an: *was ich* — *ye gehorten* (: *worten*) 261 a). Von den obigen Formen ist nur ein Beispiel durch alle Hss. belegt, und ein beweisender Reim fehlt, in allen vier Citaten ist mit Leichtigkeit die gewöhnliche Form herzustellen, es ist daher nicht zu entscheiden, ob A. die Form auf *en* neben der gewöhnlichen gebraucht hat.

Die 2. Sing. Prät. vom starken Verbum kommt im Reime nicht vor. Auch sonst findet sie sich in den Gedichten nur drei mal, und zwar schon in der Übergangsform: *würd* 64, 27; *wert* 48. 4. 106, 27.

2. Sing. Imperat. von starken Verben hat einigemale ein *e* antreten lassen, wie der Versbau beweist: *wîche* (: *rîche*) 42, 28. 106, 10; *linge* (: *ringe*) 96, 4; (: *ginge*) 14, 31.

Der Imperativ mit angehängtem *â* begegnet 17, 12 *râchâ rûch*, vielleicht auch 25, 8 *susâ sûs*.

Die Plural-Endungen sind ganz unsicher. Es begegnen an beweisenden Reimen nur: *wir minnent* (: *besinnet*) 32, 25 s. o. S. 41. — *kêren* (2. Plur. Imp.) (: *êren*) 109, 8. — *ir gênt* : *sie stênt* 109, 19. — *sie tragen* (: *sagen*) 50, 25 — vielleicht auch *ir tragen* AB. (: *geclagen*) 109, 29. Die Schreibung der Hss. ist ganz verschieden; C. hat fast ohne Ausnahme das *t* in allen Formen antreten lassen, A. selten, B. steht zwischen beiden in der Mitte. Aber die angeführten Formen zeigen, dass eine feste Regel nicht besteht.

Abfall der Endung in der 1. Plur. findet sich nur in einzelnen Hss., z. B. *rereinet wir* 28. 4; *sag wir* 56, 17.

II. Declination.

Bei A finden sich dieselben Eigentümlichkeiten, die sich bei anderen Dichtern des ausgehenden 14. Jahrhunderts in der Declination bemerkbar machen.

Das Genitiv-*s* kann abfallen. z. B. *gewellig berg und tal* 77, 31; *mins rât* 47, 23: *guts trost* 61, 18 AB.: *alles wandel* 21, 24 C., 22. 10 B.; *glück und hordes rîch* 68, 24 AB.

Ebenso fehlt die Endung einigemale im Dat. Plur. *cleider* (: *leider*) 50, 10; *ieren diener* 37, 16 C.: *trügner* (: *maer*) 92, 28.

Von Substantiven nach der *i*-Declination begegnen Doppelformen, z. B. *âne vâr* (: *zwâr*) 126, 18; *âne vaer* (: *beger*) 127, 25; *in rîcher wât* 20, 29; *in rechter waet* 114, 26 u. a. — Auch sonst findet Schwanken zwischen verschiedenen Formen statt, z. B. Dat. Sing. *welle* (: *gelle*) 91, 23; *welten* (: *vergelten*) 87, 23.